「ああ、終わりにしよう。
長い、ホントに長い因縁を」

さあ、世界救済の第
この世界に長らく寄生してい
ボティマスとかいう悪性腫瘍を取り除こう。

やってきたのは、不思議な空間。
ここそが、システムの中枢。
幾何学模様を描いた巨大な魔術陣が床に広がっている。
そして、その中心には、魔術陣にまるで宙づりにされて
縛られているかのような姿の女性。
女神サリエル。
システムの核として、生贄としてこの世界に捧げられた、
魔王が「お母さん」と呼んだ大切な人。

蜘蛛ですが、なにか？
くも
Kumo desuga, nanika? 13
著：馬場翁
okina baba
イラスト：輝竜司
tsukasa kiryu
13
カドカワBOOKS

口絵・本文イラスト
輝竜司

装丁
伸童舎

contents

1　魔物を駆除するお仕事

「ルオオオォォォォォォ！」

この世のものとは思えない咆哮があたり一帯に響き渡る。

その咆哮の主のシルエットは、あえて言うのならクジラに近いだろうか？

あくまであえてであり、シルエットと言うわけだから、実際にこの目で見たものはクジラとは程遠い姿をしている。

ぶっちゃけずんぐりした胴体くらいしか共通点はない。

だいたいからしてここは陸地で、海に生息してるはずのクジラがいるわけないじゃん。

イヤ、この世界の海にそもそもクジラっているのか？

なんてどうでもいいこと考えている間に、クジラもどきの体が爆発に包まれる。

「ルオオ！　ルオオオオウ！」

クジラもどきが怒ったように体を激しくゆする。

それだけで付近の地面が砕け、衝撃波を発生させている。

クジラにたとえただけあって、そいつのでかさはでかい。

もう、でかーい！　説明不要！

って言いたくなる。

単純な質量っていうのはそれだけで脅威だよね。

で、改めてクジラもどきの外見を説明すると、なんとも表現に困る姿をしている。

シルエットとしてはホントにクジラに似てる。

頭と胴体がそのままつながってて、境目がわからない。

ていうか顔に当たる部分には口だけしかなくて、目とか鼻とかそれらしきものがない。

で、唯一ある口だけど、一言で言うと穴。

イメージとしてはでっかいワーム系のモンスターとかの口って言えばわかりやすいかな？

そんな感じの穴みたいな口が開いてるわけよ。

ただ、こいつはワーム系のモンスターじゃない証拠に、手足がちゃんとついてる。

ヒレみたいな巨大な前足に、魚のしっぽみたいな後ろ足が口とは反対の胴体の付け根から生えてる。

うん。シルエットはクジラっぽい。

でも、これをクジラと言うのはムリがあると思うな！

「ルオオオオオォォォォ！」

クジラもどきの口から、その穴の中で反響した感じの咆哮が響く。

「うるさい！」

その咆哮をさえぎるように、吸血っ子がその巨体に切りかかる。

が、吸血っ子の振るった大剣はそのぶよぶよした灰色の皮に阻まれ、切り裂くことはかなわなかった。

「ちっ！」

舌打ちする吸血っ子に、クジラもどきのヒレによる引っ叩き(ばた)が炸裂(さくれつ)。

吸血っ子の体が冗談みたいに吹っ飛んでいく。

クジラもどきが吹っ飛んだ吸血っ子に向けてさらに飛び掛かろうと前のめりになる。

しかし、前のめりになっただけでそれ以上動くことはできなかった。

糸だ。

クジラもどきの巨体からしてみれば細すぎる、視認すらよく目を凝らさないとできない糸が巻き付いていた。

その糸を引っ張るのは、四方に散った人形蜘蛛(ぐも)たち。

人形蜘蛛四人がかりでクジラもどきの動きを止めていた。

「ルオオ！」

クジラもどきが短く咆哮。

クジラもどきの全身からすさまじい冷気が噴射され、巻き付いていた糸が凍結。

砕け散る。

と、そこに飛来する一本の剣。

その剣が炎を生じながら爆発する。

クジラもどきの噴射する冷気と、剣の爆発がぶつかり、押し勝ったのはクジラもどきの冷気だった。

なんちゅうでたらめな……。

さすが、神話級の魔物。

そう、このクジラもどき、何を隠そう危険度神話級の魔物なのだ。

神話級というのは、人の身では対処不可能と言われる危険度。

神話級の魔物は一体だけで一国を滅ぼすことだってできる力を有している。

このクジラもどきはそのうちの一体。

魔族領の北の果て、誰(だれ)も寄り付かない不毛の地にひっそりと生き続けていた、生ける伝説。

名前は、何だったかな……。

なんかすごく長ったらしくて、発音しにくい名前なんだよなぁ。

ヒュポなんたらかんたら。

……うん！　クジラもどきで！

私がクジラもどきの名前を思い出そうと頭をひねってる間も、戦闘は続いている。

今回参戦しているのは吸血っ子、鬼くん、人形蜘蛛たち、メラ。

いずれも人の枠からはみ出してる猛者(もさ)たち。

神話級の魔物にも対抗できる布陣。

ていうか人形蜘蛛たちは格で言えばクジラもどきと同じ神話級だし。

ただ、神話級と一言で言ってもピンキリ。

同じ神話級でも、マザーと人形蜘蛛たちではステータスに倍以上の差がある。

それと同じように、クジラもどきは同じ神話級でも人形蜘蛛たちよりも強い。

私はもう鑑定が使えないので、その強さの詳細を知ることはできないけど、ざっと見た感じステータス換算で平均一万五千とかそこらへんだろうか。

人形蜘蛛たちが一万をちょっと上回ったくらいなので、単純に一・五倍くらいか。

タイマンだと人形蜘蛛たちでも勝てない。

まあ、だからこそ数で対抗してるんだけどね。

ただ、この世界、ステータスだけ、数だけ、そういう単純な計算では勝敗を測ることはできない。

スキルの質やら、相性やらも大きな要因になってくる。

その点で言えばクジラもどきは難敵と言える。

人形蜘蛛たちに限らず、蜘蛛系の魔物は氷属性を苦手にしている。

火属性ほどじゃないけど、相性は悪い。

そして、吸血っ子もまた氷属性を主体にして戦うスタイルだ。

氷属性の相手に氷属性を当てても、効果は薄い。

ていうかクジラもどきはたぶん氷属性の耐性無効まで持ってるっしょ。

つまり効果なし。

斬撃もさっきの吸血っ子の大剣が通ってなかったことからして、相当高い耐性持ってそう。

つまり人形蜘蛛も吸血っ子も苦手な相手ってことだ。

そうなると残りのメラと鬼くんに期待したいところなんだけど……。

どっちも単純に力不足が否めない。

メラはそもそもこの中では一番弱いしねえ。

イヤ、頑張ってるんだよ？

元が普通の人間ってこと考えると、この超次元バトルに参加できてるだけすごいんだよ？

超頑張ってる。

が、いかんせん頑張ってるだけで勝てるほど甘くはない。

残念ながらクジラもどきにダメージを与える手段は持ち合わせてない。

本人もそれがわかってるようで、治療魔法とかを中心にサポートに回ってる。

じゃあ鬼くんはと言うと、こっちは一応有効打を持ってる。

あの爆発する剣、炸裂(さくれつ)剣とかいうやつね。

ただ、それにしてもクジラもどきの単純なステータスの暴力に一歩及んでない感じ。

噴出する冷気に押し負けちゃってたしねー。

総評すると、七人がかりでようやく互角。

つえーよクジラもどき。

まあ、それも仕方ないっちゃ仕方ない。

このクジラもどき、いつからいるのかわかんないくらい古い魔物らしいから。

魔族の言い伝えではずーっとこの北の地に居ついてるらしい。

魔王ですらいつからいるのか知らないって言うから、相当長生きしてるはず。

長生き、イコール、強い。

この図式は魔王を見ればわかりやすい。

長生きしてるってことはそれだけ経験値を蓄えこんでるわけで。

さらに言えば長く生きてるってことはそれだけでスキルのレベルも自然と上がってるってわけよ。

しかも、魔の山脈ほどじゃないけど、この魔族領の北の地は極寒の大地。

生き物が暮らしていくには厳しい環境。

そんな環境でずーっと生き抜いてきたやつが弱いはずもない。

魔族の間では伝承として「北の地に行くとヒュポなんちゃらかんちゃらが出るから絶対行くなよ！」って言われてるらしいし。

伝承になるくらいの存在ってことなんだよね。

その伝承を相手にドンパチやってる吸血っ子たち。

お？　吸血っ子が攻撃方法を酸に切り替えた。

血を連想させる赤い水がクジラもどきに襲い掛かり、さっきまで傷一つつかなかったその皮膚を溶かしていく。

「ルオオオオオオオオオオオオオオオオオオオオオオオオオオオオオ！」

今までで一番長くでかい咆哮をクジラもどきがあげる。

どうやら効いたらしい。

で、クジラもどきもやられっぱなしではなく、吸血っ子に口から突っ込んでいく。

吸血っ子はそれをひらりと回避。

クジラもどきは地面にキスをする羽目に。

しかし、間抜けに頭を地面にぶつけたわけではない。

地面はまるで豆腐のようにいともたやすくクジラもどきに削り取られ、その口の中に消えていく。

そして、顔を上げたクジラもどきの口から、飲み込まれた地面がまるで濁流のように吐き出された。

濁流というか、もはやブレス攻撃？

向かう先はもちろん、吸血っ子だ。

「うえぇ⁉」

「お嬢様⁉」

吸血っ子があえなく土砂に飲み込まれる。

まあ、あの程度なら死にはすまい。

すぐにメラが救出に向かったし。

しかし、ワームじゃないってさっきは言ったけど、やっぱこいつワームの親戚なんじゃゃ？

どういう進化をたどるとこんな不思議生物になるんだ？

謎だけど、生命の神秘について考えてもしょうがない。

今はこいつを倒せるかどうかが問題なんだし。

なんで私たちがこのクジラもどきと戦ってるのかと言えば、エネルギーの回収のためである。

実はこのクジラもどき以外にも、各地の秘境と言われる人外未踏の地には、こういう神話級の魔物か、それに準じる魔物が生息してたりする。

このクジラもどきと同じように、長い年月を生き続け、人の手に負えなくなった連中だ。

この世界の魔物って、人を積極的に襲うようにプログラムされている。

それは人に倒され、逆に人を倒して成長し、死んで殺され殺され死んでを繰り返して、システムにエネルギーを供給するためだ。

ところが、こういうクジラもどきのように時たま生き残り続けて、人の手に負えなくなってしま

うような魔物もごく少数存在する。

そういうのが積極的に人を襲ってたら、人なんてすぐ絶滅しちゃう。

だから、一定以上の強さになってしまった魔物は、逆に人から積極的に離れていこうとするようプログラムされている。

それが神話級の魔物たち。

まあ、あくまでそういう風に思考誘導を受けてるだけなんで、それを撥ねのけて人を襲う魔物だって中にはいるだろうけど。

そういうのは歴代の勇者だったり魔王だったり、英雄と呼ばれる人物たちに死闘の果てに倒されてたりする。

放っておいたらマジで人類存亡の危機なんだから、そりゃ死に物狂いで倒すわな。

ホントにヤバいのは黒ことギュリギュリとか、現魔王とかに人知れず処理されてたのかもしれないけど。

で、そういった神話級の魔物は経験値を貯めこんでるだけあって、殺せば多くのエネルギーになる。

システムをぶっ壊す最後の仕上げの前に、少しでもエネルギーを足しておこうと、神話級の魔物を狩ることにしたのだ。

ついでに吸血っ子たちのレベル上げになるし。

ホントは私がグシャッとやっちゃったほうがエネルギーのロスも少なくていいんだけどねー。

吸血っ子たちのレベルアップに経験値っていうエネルギーが流れちゃうわけだから。

まあ、言ってもそのくらいなら誤差の範囲。

今は来る最終決戦に向けて、味方の地力を上げておいたほうがいいかな、という判断のもと、神話級狩りは任せているわけ。

危なくなったら容赦なく介入してグシャッとやるけど。

うん。神話級だろうがなんだろうが、今の私なら余裕で勝てる。

その私がこうやって見守ってるんだから、実はかなり安全なレベリングツアーなのよね、これ。

幸いにして今のところ私が手を出したケースはないけど。

すでにクジラもどき以外に何体かの神話級は討伐済み。

準神話級もかなりの数倒している。

まあ、こっちは正真正銘の神話級である人形蜘蛛が四人もいるんだから、準神話級では相手にならない。

吸血っ子と鬼くんもすでに強さで言えば神話級に達してるし。

メラは、うん、そう！　サポート頑張ってるし！

違うんだ！　メラが弱いわけじゃないんだ！　相手が強すぎるだけで！

だって今のメラのステータスって平均五千くらいらしいし。

五千って言ったら、アラバよりも高いんだよ？

あのアラバよりも強いメラが弱いわけないだろ！

ただ敵はそれよりもさらに強いってだけなんだよ……。

神話級、神話で語られるレベルのヤベーやつら。

だてに人の身では対処不可能って言われてない。

メラだって人の身からすれば理不尽なくらい強いはずなのに。

ただ、理不尽ではあっても対処不可能ではないんだよなー。

この前の大戦でもメラは撤退に追い込まれたわけだし。

ぶっちゃけメラの強さで撤退に追い込まれるなんて予想外にもほどがあったわー。

ステータスの圧倒的な差も、数と気合で覆すことができる。

そう、今まさに討伐されかけているクジラもどきのように。

クジラもどきは吸血っ子の酸に皮を溶かされ、溶けたその部位に人形蜘蛛たちが容赦なく毒をぶち込み、動きが鈍ったところに鬼くんの炸裂剣で爆破されていた。

鬼かお前ら！

……三人くらい鬼だったわ。

残りの四人も蜘蛛だし。

そうだよなー、蜘蛛なんだよなー。

見た目がもう人間と遜色ないから忘れがちだけど、人形蜘蛛たちって蜘蛛なんだよね。

蜘蛛なんだからそりゃ毒くらいあるわな。

今まで人形蜘蛛たちがフルスペックを発揮して戦うような相手がいなかったからあれだけど、こいつら手札の多さで言えば神話級の中でも相当厄介な部類なんだよなー。

糸やら毒やらあるし、人形の体を使った武器や体術もあるし。

ステータス自体は神話級の中では控えめな部類だけど、それを補って余りある豊富な戦闘手段。

ステータス平均一万で控えめっていうのも、神話級恐ろしやって感じだけど。

ただその恐ろしい神話級も、今は狩られる存在でしかない。

クジラもどきがその巨体をゆっくりと傾けさせる。

そして、地響きを上げながら地面に倒れた。

「はあああ……。お風呂入りたい……」

「お疲れ様でした」

「お疲れ様です」

土砂を思いっきりかぶった吸血っ子は、達成感よりも疲労感のほうが強いのかげんなりしている。

その吸血っ子に労いの言葉をかけるメラと、苦笑しながら同じようにあいさつをする鬼くん。

人形蜘蛛たちは四人でハイタッチしている。

クジラもどきはステータスや耐性だけ見ればかなり高かったけど、それさえどうにかできれば易しい相手だったかも。

攻撃手段が口による飲み込みと、それを高速で吐き出すどこぞのピンクの星の悪魔みたいなの。

全身から冷気を噴射するのと、その巨体を生かした叩きつけだのなんだの。

そのくらいしかなかったからね。

防御力に比べて攻撃力はさほどでもなかったから、対処はしやすかったみたい。

まあ、言っても神話級の中ではって話で、普通にこいつ一体だけで軽く一軍を蹴散らすことくらいはできるね。

と、そんなことをつらつらと考えながら、倒れたクジラもどきの元に歩いていく。

少し離れたところで観戦していたので、微妙に距離があるのだ。

転移すれば一瞬なんだけど、たまには健康のためにも歩かねば！

「あ」

吸血っ子が近づいてくる私に気づいた。

そしてクジラもどきと私を交互に見比べ、ついで自分の大剣に目を向ける。

あ、なんかイヤな予感するぞ。

「ねえ。これ……」

「ムリ」

吸血っ子が猫なで声でおねだりしてこようとしたところを、先読みしてバッサリ断る。

「そこをなんとか。ね？」

かわいらしく小首を傾げておねだりしてくる吸血っ子。

こいつ、魔族の学園に通って男を侍らせることを覚えてから、変な特技を身に着けやがった。

そんな媚びが私に通用すると思っているのか！

「ムリなものはムリ」

「ぶー」

そんなかわいらしくむくれてもダメなものはダメなのです！

ていうかホントにムリだし。

吸血っ子が何を求めているのかというと、このクジラもどきの素材を使って大剣の強化ができないかってことだと思う。

吸血っ子の持つ大剣はフェンリルという神話級の魔物の爪から作られており、そこにさらに氷龍ニーアという、これまた神話級の龍の鱗(うろこ)を合体させている。

おかげで切れ味抜群で耐久力も高く、氷属性まで備えた超武器になっている。

クジラもどきは氷属性だし、大剣との親和性は高いだろう。

でもね、私には！　それを加工する技術が！　ない！

前の加工だって私がやったんじゃなくて黒がやったんだし。

同じ神だからってできるわけではないのだよ。

「ソフィアさん。あれを混ぜるのかい？」

むくれる吸血っ子を見かねたのか、鬼くんが助け舟を出してくれる。

鬼くんが指さすクジラもどきは、初めから形容しがたい姿だったのに、さらにぶよぶよした皮を酸に溶かされ哀れな状態になっている。

ぶっちゃけキモい。

「……」

吸血っ子もそれを見て沈黙。

諦(あきら)めたようにススと私から離れていった。

さすがにあのキモいのを愛用している大剣に混ぜるのはイヤだったらしい。

それに思い至る前に行動しちゃうあたり、吸血っ子は相変わらず考えなしである。

それだから学園でいろいろやらかすんだよ。

まあ、それは今はいいか。

私は改めてクジラもどきの死体を転移で異空間に飛ばす。

神話級の魔物の死体ともなれば、魂が抜けた状態でもかなりのエネルギーを保有している。

魂のほうはシステムに回収されるわけだけど、体はそのまま残るからね。

その体に蓄えられたエネルギーもきっちり有効活用しなければもったいない。

異空間に送られたクジラもどきの死体は、そこで私の分体たちにもしゃもしゃ食べられることになる。

そうしてエネルギーを分体に取り込むのだ。

ホントはこのエネルギーもシステムのほうに送れればいいんだけどねー。

とは言え私も戦力増強のためにある程度のエネルギーを溜めておきたい。

これは資源の有効活用なのだ！

たとえ見た目がキモかろうが、食べればそれだけでエネルギーがいっぱい得られる栄養満点食材なのだ！

だから吸血っ子よ、そんなドン引きした目で見ないで！


魔王城に吸血っ子たちを転移で帰した後、ところ変わってこちらは人族領の砦。

イヤ、元人族領の砦か。

このオークン砦、元は人族が管理していた砦だったんだけど、この前の大戦で第二軍が攻め落とした。

うーん。正確には第二軍がっていうか、第二軍の計略で呼び寄せられた猿どもが、って感じだけど。

エルロー大迷宮で私も苦しめられた猿の大群。

魔の山脈にも同種の猿が生息してて、第二軍の軍団長であるおっぱいさんはそいつらを呼び寄せて、オークン砦にけしかけたのだ。

あの猿は一匹でも殺してしまうと、次から次にやって来て襲い掛かってくるっていうはた迷惑な性質してるからね……。

ちょうど猿が繁殖期を終えて増えてた時期だったらしく、オークン砦は猿どもによって蹂躙(じゅうりん)されてしまったのでした、と。

おかげで第二軍は無傷で凱旋(がいせん)。

ただ、問題が一つ。

オークン砦がそのまま猿に占拠されちゃったっていうこと……。

本来ならそれを駆除するのは第二軍の役割なんだろうけど、おっぱいさんはのらりくらりとそれを回避。

まあ、せっかく無傷で砦を陥落させたのに、猿と戦ったら相応の被害が出るからねー。

下手(へた)したら人族と戦うよりも被害大きいかもしれないし。

だって、その人族を攻め落とした猿と戦うんだもん。

幸い猿は砦に居座っただけで魔族に被害を出すということもないので、第二軍はそのまま監視という名目で砦の近くに陣を敷いてた。

けど、それって魔王の目の届かないところにいたいっていうおっぱいさんの希望がありありと透けて見えるんだよねえ。

おっぱいさん、魔王のことめっちゃ怖がってるから。

このままあわよくば猿の監視っていう名目でひきこもるつもりなんじゃないかな？

まあ、させねーけどな！

「魔王様からの命令書です」

淡々とフェルミナちゃんがおっぱいさんに命令書を差し出す。

「即時帰還せよとのことです」

そして命令書に書かれている内容を端的に説明。

おっぱいさんは命令書を無言で受け取り、眉間（みけん）にしわを寄せながらそれを広げる。

時候の挨拶（あいさつ）だとかも含まれてるけど、要約すればフェルミナちゃんの言うとおり、帰ってこいというただそれだけの命令が書かれてる。

余計な修飾語もそこまで多くしていないので、読むのは一瞬で済む。

「でも、私たちにはあの砦の監視が……」

「それは我々第十軍が引き継ぎます」

おっぱいさんが監視を言い訳にしようとしたのを、フェルミナちゃんがバッサリと切り捨てる。

おっぱいさんが憎々し気にフェルミナちゃんを睨（にら）む。

「出発するには準備に時間が……」

「サーナトリア様」

なおも言い訳を重ねようとしたおっぱいさんの名前をフェルミナちゃんが冷たく呼ぶ。

「魔王様は即時帰還せよとご命令です。背けばどうなるか……。おわかりですね？」

その言葉に顔を青ざめさせるおっぱいさん。

その後のおっぱいさんの動きは迅速だった。

てきぱきと撤収作業を進め、その日のうちに撤退していったのだ。

電光石火とはまさにこのことか！

普通に将として有能なんだよなー、おっぱいさん。

指揮能力高いし、策を練ったとはいえ無傷で敵の砦落としてるし。

でもこのなんていうか、拭えない小者臭。

この迅速な動きが魔王のこと怖いからっていうのがもう、ね。

でも帰還した先にその魔王が待っているっていう。

なんか半端に小賢しいせいで、自分からどつぼにはまりに行ってる感じが涙を誘う。

まあ、おっぱいさんの進退は私の知ったこっちゃない。

第二軍が撤退して、人の目がなくなったここからがお仕事の時間ですよ。

「では、第十軍。これよりオーク砦の攻略にかかります」

フェルミナちゃんが第十軍のメンバーを率いてオーク砦に向かっていく。

おっぱいさんには監視を引き継ぐ的なこと言ったけど、第十軍は監視にとどめる気はない。

その目的は猿の殲滅である。

フェルミナちゃんの指揮に合わせ、白装束の集団が砦に向かっていく。

その接近に気づいた猿が投石してくるけど、白装束集団には当たらない。

素早く避けている。

まあ、当たったところでダメージなんて入らないだろうけど。

なんせその白装束は私の糸を使い、私が丹精込めて縫った特別製だもん！

その防御力は保証付き。

一応私が軍団長だしね。

軍を預かる者として団員にはきちんとした装備を支給してやらねばと思って、最高のものを用意しました！

もちろん、装備だけじゃなくて団員もちゃーんと鍛えていますとも。

その証拠に、砦の壁に到達した団員たちは垂直の壁を難なく登って行っている。

そして猿の投石による妨害もなんのその、易々と砦内部に侵入し、戦闘を開始。

イヤ、それは戦闘というにはあまりにも一方的な、蹂躙だ。

猿は確かに厄介だけど、それは膨大な数の力によるもの。

殺しても殺してもどんどん集まってくる数の暴力こそが猿の本領。

しかし、いくら数が膨大って言っても無限ではない。

かつて私がエルロー大迷宮で連中を撃退できたように、殺しつくしてしまえばいいのだ。

この砦にいる猿たちはすでに人族との戦いでだいぶ数を減らしている。

そして、猿は一匹一匹の力は大したことがない。

ここまで条件がそろっていれば、私が鍛えた団員たちなら余裕で勝てる。

さて、この第十軍は私を軍団長とした軍である。

何年か前に人族との大戦に向けて軍拡を進める中で、魔王に押し付けられた軍だ。

うん。押し付けられた。

というのも、私は魔王軍の中で役職が浮いてたし、第十軍も名前だけあるけど実体がない状況だったしで、それだったらちょうどいい、って感じで魔王から直々に軍団長の座を拝命したのさ。

魔王軍ってさ、第一から第七までは一応前からちゃんとあったんだけど、第八以降は名前だけで軍として機能してなかったんだよね。

というのも人不足で人数が足りてなかったから。

それが魔王の軍拡政策と、ついでに反乱軍の粛清やら軍内部の構造改革やらでいろいろ変わった結果、第八以降もちゃんと組織しようってことになったわけだ。

で、第八軍の軍団長には鬼くんをあてがい、そこの団員は不正を犯した領主の私設軍とかをそのままぶち込んでいる。

まあ、要は奴隷落ちした兵士諸君みたいなもんだ。

いわゆる使い捨て前提の特攻兵を集めた軍で、鬼くんもそれがわかってて大戦では躊躇なく味方ごと敵を炸裂剣で爆破してたなー。

第九軍はと言うと、こっちは第八軍とは事情が全く異なり、その兵たちは外様というかなんというか。

なんせ第九軍の軍団長はギュリギュリこと黒。

魔王や私の活動を見張りつつ支援するため、表向き第九軍の軍団長として魔族領に居座ってるのだ。

そして、第九軍の人員というのは人化した龍やら竜やらだ。

つまり黒の眷属(けんぞく)たち。

魔王軍を名乗ってはいるけど、実際には魔王の下についてるわけじゃない特殊な軍団。

だから、大戦の時も第九軍だけは戦闘に参加していなかった。

で、残りの第十軍が空席になったままだったので、フリーだった私が軍団長にあてがわれた。

ただ、この時点で人員の振り分けはだいたい終わっちゃってたんだよね……。

第十軍に流れてきたのは学園を卒業したばっかのひよっことか、他の軍にいられなくなった訳ありとか。

つまりまともな人材がいない。

使い捨て前提の兵を集めた第八軍がすでにあるのに、そこにすら席がなかった連中。

まー、一人一人経歴を見てみると面白いのなんの。

その筆頭が副軍団長を任せているフェルミナちゃんである。

この子の半生は涙なしでは語れない、激動のものとなっている。

主に吸血っ子のせいで！

フェルミナちゃんはとてもいいところ出のお嬢様である。

同じくいいとこ出の坊ちゃんと婚約までしてるという、ザ、貴族って感じの生まれ。

そんな生い立ちのため、幼い頃から将来は魔族の指導層に就くべく、厳しく教育されてきたそうだ。

まあ、もともとの優秀さもあって学園に入るまではうまくやってたみたい。

学園に入るまでは！

学園に入ったら、そこに待っていたのはどっからともなくやってきた怪しい女。

そう、吸血っ子だ。

貴族の作法なんざ知ったこっちゃないという野生児の吸血っ子は、それはもういろんな意味で学園を荒らしまわった。

吸血っ子も一応いいとこ出のお嬢様のはずなんだけど、その実家は物理的に消失して赤ん坊の頃から放浪の旅だったからねえ……。

どっちにしろ人族の貴族出身じゃ、魔族の貴族とは作法が違うだろうから意味ないけど。

魔族って戦闘力を重視するから。

その戦闘力、旅の間にステータスとスキルだけならハイスペックになっていた吸血っ子は、魔族の坊ちゃんお嬢ちゃんたちのプライドをボッキボキに折りまくったらしい。

まあ、それだけだったらまだ、害は少ない。

少年少女のプライドをへし折ってるじゃないかって？

それくらい安いもんよ。

そこから立ち上がれないようじゃ、どっちみちどっかで躓（つまず）いてただろうし。

それにその後の騒動に比べたらホントにかわいいもんよ。

吸血っ子が何をしでかしたのかというと、魅了ばらまいて男子たちを軒並み骨抜きにして、挙句手当たり次第に血を吸いまくったのだ。

……何てことしてくれてんでしょうねー。

イヤ、吸血鬼としては実に正しい行動なのかもしれないけどさー。

どうも吸血鬼は思春期になると血を吸いたいっていう欲求が強まるらしい。

吸血鬼にとって血を吸うっていう行為は食事であると同時に、仲間を増やすってことでもある。

まあ、つまり、なんだ。

せ、から始まるいかがわしいあれに近い感じで、ほら、思春期ってそういうのに興味持ち始める時期じゃん？

つまりはそういうことなんだよ！

普通だったら自制できるんだろうけど、吸血っ子はいろいろとストレスとかたまってたらしく、そこら辺のタガが外れてたっぽい。

男子たちを魅了し、女帝のごとく学園に君臨してたそうだ。

そこで立ち上がったのがフェルミナちゃん。

フェルミナちゃんの婚約者のワルドくんも吸血っ子に魅了されちゃってて、このまま放置してたら未来の魔族の指導層が壊滅するってんで、吸血っ子の排除に乗り出した。

が、結果は失敗。

ワルドくんが中心になって、吸血っ子に魅了された男子たちが結託。

親とか家の権力とかフルに使ってフェルミナちゃんの実家に圧力をかけ、逆にフェルミナちゃんを追放処分にしてしまったのだ。

ちなみに、フェルミナちゃんの実家も魔族の中では相当高位の家柄なんだけど、ワルドくんの実家みたいに同格やそれに近い家が複数敵に回っちゃったせいで、フェルミナちゃんを追放処分にするしかなかったそうだ。

しかも、これ、フェルミナちゃん包囲網は吸血っ子が魔王の関係者だからできちゃったものなんだよなー。

ここで吸血っ子に何かあった場合、魔王の報復がどんなものになるかわからないってんで、魅了されてない正常な判断力のある大人たちも、フェルミナちゃんのほうを排除する形をとっちゃったわけだ。

なんか、その、うちの身内がいろいろとすいません……。

うちの身内のせいで追放処分になっちゃったフェルミナちゃん。

さすがにそれを放置するのは心が痛む。

くしくも私が指揮することになった第十軍、その前軍団長がフェルミナちゃんの父親だった縁もあって、フェルミナちゃんの身柄は第十軍で預かることにした。

イケメンだけど何となく幸が薄そうなフェルミナちゃんの父親に、「娘のことよろしくお願いします」って頭下げられちゃったら、そりゃねえ?

なんか魔族の上層部の人たちって苦労人ばっかかな気がする。

それもだいたい魔王のせいなんだけどな！

……ホント、うちの身内がいろいろとすいません。

そんなすったもんだの末、第十軍に真っ先に加入することになったフェルミナちゃん。

その後もフェルミナちゃんみたいな訳あり物件が入団してきて、第十軍はそれなりの形になったわけだ。

そして、訳ありばっかということは、問題児ばっかということでもある。

そういう時どうするのが一番手っ取り早いと思う？
Ａ、ボコって言うこと聞かせます。
こういうのは最初が肝心なんだよ。

こっちのほうが圧倒的に強いっていうことを本能に刻み込めば、あとはだいたい言うことを素直に聞いてくれるようになる。

え？　言うこと聞かせる方法が野蛮？

動物のしつけ方じゃないんだぞって？

人類だって広義では野生動物だしいいんだよ！

で、そういうこと言うと今度は動物愛護団体から抗議が来るんでしょ？

知ってる知ってる。

でもここ異世界だし！

動物愛護団体なんてないし！

あったら初期の頃の私を保護してくれよちくしょう！

……だいぶ話題がそれた。

まあ、そうやってボコって言うことを素直に聞くようになった団員たちなんだけど、それでもいくつか問題があった。
一、数が少ない。二、弱い。三、装備がない。
一はしょうがない。

元はあまりもののさらにあまりものが集まった集団なんだから。

数が少ないのもさもありなん。

だが、二と三は由々しき事態だ。

イヤ、二の弱いっていうのも、私基準で見た場合であって、魔族の兵士として特別弱いってわけじゃなかったんだけどね。

しかし、先にも言ったように第十軍は人数が少ない。

少ない人数を補うためには、個々の質が求められる。

質より量ではなく、量より質。

量が少ないんだからそうせざるをえないのだ。

そして第十軍は最後にできた軍団で、しかも人数が少ないということで、装備だとかの軍備が回ってこない。

他の軍団に優先的に配備されてしまって、第十軍まで残らないのだ。

結果、布の服とひのきの棒という、どこぞの勇者の初期装備みたいな貧弱な恰好(かっこう)で戦う羽目に。

この装備面の脆弱(ぜいじゃく)さを補うためにも、本人の質が求められる。

そう、結局のところ鍛えるしかなかったのだ！

というわけで、鍛えました。

具体的には吸血っ子たちと同じように、エネルギーの回収もかねていろんなところの魔物の駆除をしてもらった。

あ、もちろん神話級なんてやべーのに突っ込ませたりはしてないからね？

ちゃんと弱い魔物から順にやっていったとも。

団員たちの力量を見て、ギリギリ死なない程度の難易度にしておきました。

転移で全員魔物の群れの中に放り込んで、それがすんだら転移で戻ってきて休息を与える。

私の転移を駆使すれば、魔族領だけじゃなくて人族領にも行けるからね。

普段魔族も人族もあんまり踏み込まないような魔物の領域にも、転移を駆使すれば簡単に行き帰りができるってわけ。

で、時間が許す限り軍団宅配サービスよろしく、団員たちを魔物の群れの中に放り込んで回収してってのを繰り返し、レベリングをしたわけだ。

おかげで団員たちはめきめきとレベルを上げていき、実力をつけていった。

で、ある程度の基礎ができたら、今度は私考案の訓練をしてもらう。

吸血っ子は訓練をしてからレベルを上げてもらったけど、それは時間があったからね。

ホントは訓練してからレベルを上げたほうが効率がいいんだけど、そこまで時間はなかった。

限られた時間の中で最大限の効率で団員たちを強くするには、とっととレベルを上げてもらって、訓練についてこれるくらいのステータスになってもらわないといけなかったわけ。

あんまステータス低すぎると、私が考えた訓練だと死ぬし。

え？　死ぬような訓練は訓練とは言わないって？

だから死なないようにその前に魔物の群れの中に放り込んで鍛えたんじゃないか。

え？　世間では魔物の群れの中のことを死地と呼ぶ？

……常識は投げ捨てるもの！

団員たちの目のハイライトが消えようと、生きてレベルアップして帰ってきてんだからいいんだよ！

何度か難易度調整ミスって死人が出そうになったのは内緒だ。

いいのいいの。

おかげで勝てない相手から逃げたり隠れてやり過ごしたりする訓練になったし！

そうやって鍛えまくった成果がこちら。

砦の中にいた大量の猿どもは、あっという間に駆逐されましたー。

わー、パチパチパチパチー。

「状況、クリアしました」

フェルミナちゃんの報告に、頷く。

いい。実にいい仕上がりだ。

フハハ！　我が第十軍は素晴らしい軍団へと成長したと言える！

ちなみに不足していた装備に関しては自前でなんとかした。

さっきも言ったように白装束は私の糸を使ってせっせと繕ったものを支給。

武器に関しては鬼くんにちょっとムリ言って作ってもらった。

鬼くんのユニークスキル、魔剣作るスキルでね。

おかげで装備面でも第十軍は他の軍団より抜きんでてしまった。

まあ、他の軍団と違って、その活動は訓練が大半を占めてて、それ以外でも私の個人的なことに使うことが多かったしで、露出が少ないんだよねー。

おかげで他の軍団には裏方の諜報部隊みたいに思われてるっぽい。

んー。まあ、たしかにそれっぽいこともさせてたんだけどさあ。

主にエルフ関連で。

魔族領に残ってるエルフの捜索と、発見し次第排除。

これに関しては大戦前にすでに大佐、今は亡き第一軍軍団長のアーグナーがかなり進めてくれてたから、第十軍がすることは少なかった。

ので、勢い余って人族領でのエルフ狩りにも動員しちゃった。

エルフは生かしておいても百害あって一利なしだからね。

私の転移を使って人族領に潜入し、団員たちがその能力を使って潜伏、情報収集、そして発見したエルフの暗殺。

と、そんな感じで暗躍してたことはある。

フェルミナちゃんとかその手の才能があったのか、音も気配もなくターゲットの背後に忍び寄って暗殺かましたりできるようになっちゃったよ。

フェルミナちゃんは新生第十軍の設立当初からいるからねー。

その分ずーっと鍛えられているわけで。

ぶっちゃけおっぱいさんとかよりたぶん強い。

真正面から戦っても勝てるし、何でもありにしたらそれこそ寝てる間とかに暗殺かまして完勝すると思う。

アサシン系元お嬢様。

ありだと思います！

フェルミナちゃんは私の代わりに部隊の指揮を執ってくれたり、書類とかの事務仕事もこなしてくれたり、うまく話せない私の代わりに渉外担当してくれたり。

さすが元お嬢様だけあって、厳しく教育されてきたためにいろんなことができる。

もはや第十軍にはなくてはならない存在なのです！

というわけで第十軍の副軍団長は満場一致でフェルミナちゃんに決定した。

あ、吸血っ子だけはものすごく反対してたわ。

土下座させて黙らせたけど。

吸血っ子にはフェルミナちゃん追放だとかのやらかしの罰として、呪(のろ)いをかけておいた。

「お座り」って私が言うと、土下座する呪い。

この呪いのおかげで吸血っ子がなんかやらかしてもすぐ罰を与えることができるようになりました。

何かあるたびに土下座させられている吸血っ子の姿を見て、フェルミナちゃんも多少溜飲(りゅういん)が下がったようで何より。

吸血っ子がフェルミナちゃんにした仕打ちは第十軍の団員たちに知れ渡ってるからね。

みんな冷めた目で吸血っ子のこと見てるわけよ。

それでめげない、っていうか気にしないところが吸血っ子クオリティ。

図太い神経をしている。

逆に常に胃を痛めてるのが、フェルミナちゃんの元婚約者のワルドくん。

学園で吸血っ子に魅了され、フェルミナちゃんを追い落とした主犯。

それについては魅了されてたからしょうがない。彼も被害者の一人なんだ。

ところがどっこい。

魅了が切れてもワルドくんは吸血っ子のことを慕い、吸血っ子にくっついて第十軍に入団し、あまつさえ吸血っ子に吸血鬼にしてもらったという。

熱狂的な吸血っ子の追っかけと化してしまった。

第十軍の団員たちがそんなワルドくんにいい顔をするはずもなく……。

ていうか、ワルドくんに追放された元婚約者のフェルミナちゃんが、副軍団長という上司なわけで……。

そんな現場で空気がいいはずもないわな。

ワルドくんは毎日青い顔してるよ。

あ、顔が青いのは吸血鬼になったせいかもしれないけど。

そんなことをつらつら考えつつ、砦の中に散らばった猿の死体を回収していく。

猿は魔族の食用にはできないからね。

だったら私が回収して食わねばね。

まあ、実際に食うのは私の分体なんだが。

猿の死体をポイポイと分体が控えている異空間に放り込み、砦のお掃除。

て言っても、掃除してもこの砦はもう使わないんだけどねー。

第十軍は人数が少ないので、この砦を占拠しても管理維持することができない。

なので、この後放棄することが決定している。

無駄に人員をここに拘束するくらいなら、スッパリ諦めて放棄して他のことに使ったほうが有意義だからね。

どうせ人族がこの砦を奪還しに来ることはないんだし。

なんでそう言い切れるのかって？

そうなるように仕向けているからだよ。

ふっふっふ。

この数年、私が何もしていなかったとでも思っているのかね？

何を隠そう、この私こそ、魔王軍どころか、人族の動きまで操ってみせた、黒幕なのだぁ！

だぁー、だぁー、だぁー。エコー。

イヤ、めっちゃ大変だった。

転移を駆使していろんなところに行ったりきたり。

暗躍しまくったのよ。

その私の努力の成果の一つが、あの魔族と人族の大戦だったわけだけど。

そこに至るまでものすっごい苦労があった。

我ながらよく頑張ったと言いたいくらいの苦労が！

……そんでもって、まだまだ苦労は続くんだよなー。

猿の死体の回収をあらかた済ませ、第十軍を率いて魔王城に帰還する。

第十軍には今後も裏方の仕事をいろいろとやってもらわなきゃならん。

猿に占拠された砦なんていう些事にいつまでも時間をとられているわけにはいかない。

大戦は一つの大きなイベントではあったけど、それですら私や魔王の最終的な目的を考えれば、通過点にしか過ぎないんだから。

無駄な時間は省かないとね。

世界を崩壊から救うという目的のためには。

では、その目的のための布石として、第十軍には極秘の重要任務を任せるとしよう。

アナレイト王国、山田くんやそのお兄さんの勇者ユリウスの故郷、そこを内部から崩壊させるっていう、任務をね。

2　勇者の対処をするお仕事

アナレイト王国。

魔族領があるカサナガラ大陸とは別の大陸、ダズトルディア大陸にある一国家だ。

王国って名前から察することができるけど、政治形態は王政。

ただ王権はそこまで強いわけじゃなく、王を頂点とした貴族たちで回してる感じ。

まあ、王国の政治形態なんてどうでもいいわな。

王国のことで重要なのは二つ。

世界中から子供たちが集まって学ぶ学園があることと、平和なことだ。

正確に言うと平和だから学園があるのか。

ダズトルディア大陸には魔族の国家がない。

ゆえに魔族との戦争とは無縁で、神言教の総本山たる聖アレイウス教国があることから、そこを中心にして各国が結束している。

国同士の大きな争いはなく、凶悪な魔物が住む領域も少ない。

中でもアナレイト王国は気候が安定しており、土地も肥沃(ひよく)なため、めちゃくちゃ恵まれているのだ。

ぶっちゃけよっぽどの無能でもない限り、適当に運営してても大幅に黒字になるのよね。

そりゃ、大国にもなるわ。

チート国家だよ。

で、そんな超安定した国家だからこそなのか、余裕があるので後進の育成に力を入れよう的なあれで、学園ができたらしい。

最初は国内の貴族の子弟を育成する場だったのが、いつの間にか拡大していって世界中から生徒を集めるようになったんだとか。

自然とでかくなるっていう、その現象だけ見てもアナレイト王国がどんだけ裕福なのかわかるよね。

別大陸であるカサナガラ大陸の国の人たちまで入学するのは、戦地からの疎開って意味もあるのかもしれないけど。

カサナガラ大陸は魔族と絶賛戦争中の戦地だからねー。

安全だからこそ子供たちを安心して学園に預けることができるわけだ。

そして、いろんな国から貴族やら時には王族やらの子供が留学してくるため、アナレイト王国はそれらの国と太いパイプでつながっている。

そして国の境を越えた輪が学園で出来上がっていく。

そうなると、そこに子供を送らないとその輪からはじき出されてしまう。

アナレイト王国の学園に子供を通わせるのが一種のステータスとなり、上流階級にとってはそれが当たり前となっていく。

で、さらに輪が広がっていく。

いやはや、アナレイト王国にとっては好循環。

こうなってくると神言教に次ぐ影響力を持ってると言っても過言じゃない。

むしろ神言教を脅かしかねないくらいだね。

まあ、そこで排除に乗り出すんじゃなくて、積極的にアナレイト王国を取り込みに行くのが神言教クオリティ。

アナレイト王国では神言教が布教されてる。

そしてアナレイト王国で布教されてれば、そこに留学してくる子供たちも自然と神言教に触れるわけで。

あの教皇、だてに人族を長いことまとめ上げていたわけじゃない。

人をナチュラルに洗脳していくスタイル。恐ろしい……。

まあ、そうやって利用されているアナレイト王国だけど、その存在感はでかい。

直接魔族領と切った張ったを繰り広げているレングザンド帝国と遜色がないくらいに。

レングザンド帝国が人族を魔族の脅威から退けている砦とするならば、アナレイト王国は最前線のずっと後方の安全地帯と言ったところかな。

よっぽどのことがない限り揺るがない、いざとなれば逃げこめる安全地帯。

だからこそ、そこが揺らげば周辺国に与える動揺は大きい。

そう、そのために私たちはアナレイト王国で暗躍するのだー!

……っていうのは建前ね。

ぶっちゃけアナレイト王国が人族の中でどんだけ影響力のある大国だろうと、そんなのあんまし関係ないんだなー、これが。

私がアナレイト王国にちょっかいを出す理由は一つ。

山田くんがいるからだ。

もうね……。もうね……。もうね！

なんなん⁉

あー！　もう！

だー！　うー！　だー！

ふう。

意味もない叫び声を上げたくなる気分。

それもこれも私がやってきたことがいろいろと裏目に出てるのがいけない。

ここまで順調に下準備を進めているはずなのに、いつの間にか地雷が積み上がっているような感じ。

そして、その収束地点が山田くんなのだ。

山田くん、今世での名前はシュレイン・ザガン・アナレイト。

通称シュン。

アナレイト王国の第四王子。

で、先代勇者である勇者ユリウスの同腹の弟。

大国の王子でー？　勇者の弟ー？

それだけでも設定盛りすぎじゃね？　って思うんだけど、ここでさらに一個特大の設定追加。

まさかの勇者になっちゃったよ……。

分体越しにそれを知った私の気持ちわかる？

あんなに！　あんなに苦労して勇者を排除したのに！

その次の勇者がよりによって転生者！

しかも先代勇者と縁の深い山田くん！

気分は役満！　ていうか厄満！

こんなん想定外にもほどがある！

計画の修正を急がねば！

まず大前提として、私たちの目的はこの世界を崩壊から救うことだ。

この世界は近い将来崩壊する。

それは確定事項。

このまま手をこまねいていたら確実に訪れてしまう未来。

それを防ぐために、私たちはこの世界の生命維持装置ともいえるシステムをぶっ壊す！

それあかんやーん、死期早めてるだけやーん、と思うことなかれ。

システムはこの世界を生かしているものだけど、同時にとんでもない量のエネルギーを内包している。

この世界の崩壊の理由はエネルギー不足だ。

その足りないエネルギーを、システムから分捕(ぶんど)ろうという作戦なのだ。

生命維持装置に回してる電力で電気ショックを浴びせて息を吹き返させる的な。

そんなかなり危ない橋だけど、理論上はできるはず。

ていうか、システムを設計したのがあの性悪邪神Dであるからして、そういう裏技をちゃんと用意してると思うんだよね。

で、実際に探ってみたら、やっぱあったよ……。

というわけで、システムぶっ壊し作戦を敢行中なわけだけど、これにはいくつかクリアしなければならないプロセスがある。

さっきも言ったように、このシステムぶっ壊し作戦はかなり危ない橋だ。

失敗すれば生命維持装置を失ったこの世界はあっという間に崩壊する。

だからこそ、万が一にも失敗しないよう、入念な準備をして取り組まなければならない。

ここ何年間かの活動はその準備に費やしていたと言える。

魔族と人族の大戦も、言ってしまえばその一環なのだ。

あの大戦の大目的は二つ。

一つはエネルギーの確保。

今のところエネルギーは足りてなかった。

システムを崩壊させるのにだってエネルギーがいる。

そのエネルギーの確保のためにも、死者を大量に出す必要があったのだ。

システムとは、人が生きている間に鍛えたステータスやスキル、それらを死んだ時にエネルギーとして回収する機構なのだから。

そして大戦で出た大量の死者により、一応の最低限の合格ラインに達するエネルギーの確保は完了した。

ただあくまで最低限で、予想外の事態が起きた時用の余剰分とかを考えれば、もっともっと欲しいというのが本音だけどね。

魔族の皆さんと人族の皆さんの尊い犠牲により、エネルギーの確保に成功したのです。

エネルギーにされた皆さんはたまったもんじゃないだろうけど、世界の崩壊を防ぐためだ。

大を救うための小の犠牲なのだ。

その小の犠牲の数がヤバいことには目をつぶる。

それだけの多くの犠牲を払わないと、もうこの世界やってけないほど切羽詰まってるんだって思ってもらおう。

で、だ。

その尊い犠牲の中で最も重要だったのが、勇者。

それこそが大目的の二つ目。

勇者の抹殺！

勇者ってね、チートなんですよ。

システムに保障された公式チートなんですわ……。

勇者ってだけでいろいろと特典があるんだけど、そのうち最もヤバいのが、魔王特効。

魔王っていうのは魔族の中から選ばれるわけなんだけど、魔族って人族よりもステータス高めでしかも長命なのよね。

そうなると、経験を積んだ魔王とかは人族じゃ勝ち目がなくなってくる。

それを覆すために、勇者には魔王に対する特効が設定されている。

魔王がどれだけ強かろうが、勇者はその魔王と互角以上に戦える力を発揮するのだ。

……システムからバックアップを受けて。

……その分のエネルギーを消費して。

でだよ？　今代の魔王は誰だい？

ご存じ今代の魔王はオリジンタラテクトのアリエルさんでーす！

ステータス平均九万とかいうもはやバグなんじゃね？　ってくらいの世界最強の一角でーす！

そんな魔王と勇者がぶつかったらどうなるよ？

魔王に対抗するために勇者がシステムのバックアップ受けてパワーアップしたら、とんでもない量のエネルギーが消費されるのは目に見えている。

魔王を殺されるわけにはいかないっていう理由ももちろんあるけど、勇者を魔王と戦わせちゃ絶対にいけないわけ。

しかも、勇者には専用装備がある。

その名も勇者剣。

まんますぎて草生えるネーミングだけど、その性能たるやヤバい。

たった一回こっきりだけど、神さえ屠る一撃が出せるとか何とか。

……それたぶん私でも食らったら死ぬよね？

なんせ作ったのあのDだし。

これさー、たぶんだけどさー、私の勝手な予想なんだけど、ギュリギュリのことぶっ殺してエネルギーの確保に使ってもいいのよ？　っていう、裏技の一つな気がするんだよねー。

システムぶっ壊すのと同じ……。

あとは外敵の無関係な神がふらっとこの世界に来ちゃった時用とか？

なんにせよ、その勇者剣を使われると私でも死ぬ。

もう存在するだけで危険物！

そんな危険物を処理するのが目的だったわけです。

あわよくば勇者剣を無駄打ちさせたうえで！

ただーし！　ただ抹殺するだけだと、次代の勇者が生まれるだけ！

なので、システムに介入して勇者という存在そのものを消し去ってやろうとしたのだ！

システムから勇者の設定を消去するのね。

そのためには勇者ユリウスを抹殺し、かつ次代の勇者に称号が移る前にシステムにハッキングする必要があった。

かなりシビアなタイミングだけど、事前準備を済ませていたのでうまくいく。

……はずだった。

まあ、結果だけ言うとこの試みはうまくいかなかった。

あんだけいろいろと準備したのに……。

勇者剣を使わないと倒せないだろって思って、マザーに似せたクイーン分体とか作ってぶつけたのに、使わずに勝っちゃったし……。

おかげで私が自ら出張る羽目になったし……。

勇者のチート特効が私相手でも発動するかもしれないから、できれば私以外の誰かに自然に殺されてくれればよかったんだけどねー。

今思えば、クイーン分体が倒されたのはチート特効がクイーン分体に対して発動してたからなのかも。

勇者一行と戦った大佐とチンピラも戦死したし。

適当なところで回収するつもりだったんだけど、あんな漢気見せられちゃうとねぇ。

……勇者の抹殺は成功したけど、はっきり言って失敗だ。

それも大失敗。

もう予定とはかなりずれた、失敗も失敗大失敗！

……ハア。

まあ、予定がずれたことについてはしょうがない面もある。

勇者ユリウスにはこっちの事情で死んでくれってことなんだから、彼がそれに抗うのは当然のことだし。

勇者ユリウスはそういう事情を知らなかったわけだけど、勇者としてまっとうに戦ったに過ぎない。

そう、まっとうに戦って、こっちの思惑をことごとく破綻させた。

勇者というものを、私は甘く見ていた。

十分に警戒しているつもりだった。

だからこそいろいろと準備をして、抹殺計画を練ったのだから。

でも、私が警戒していたのは、システムに保障された〝勇者〟という存在。

ユリウスという、個人に対してのものじゃなかった。

それが間違いだった。

真に警戒すべきは、勇者に選ばれる人間だということなのだと、思い知らされた。

勇者が勇者なのは、それに見合う人物だから。

ただの人間が、勇者という奇跡の力を振るう、それに足る人物だということ。

チートな力を持ってるから強いんじゃなくて、チートな力を持つにふさわしい人物だから強いんだ。

信念、覚悟、誇り。

その内面からにじみ出る強さこそが、勇者の真に警戒すべき力。

それを見誤っていた私が失敗するのは、ある意味で必然だったのだ。

だからそこは反省すべき点として飲み込む。

けど、それにしたって！　その後のことについてはちょっと文句を言いたい！

なんだって、なんだって次代の勇者が山田くんなんだよぅ！

はっきり言って、ほとんどの人間は勇者になっても問題ない。

だって、主だった目立つ人間は大戦に参加してて、その半分以上が戦死している。

残りの半分だって、勇者ユリウスに比べればパッとしない連中だし。

将来性を見越して大戦に参加してない若い、それこそ幼い子供なんかが勇者に任命されればさらに儲(もう)けもの。

そんな若い勇者、私たちの計画が成就する頃には、成長が間に合わない。

勇者がいくら公式チートとはいえ、完全無敵ってわけじゃないのは私が勇者ユリウスを倒せたことからも証明済み。

もしこちらにとって都合が悪そうな人物が勇者になったとしても、最悪私がちょちょいと始末すればいい。

ってそう思ってたのにさあ！

蓋(ふた)を開けてみれば最悪。

よりにもよって手出ししにくい転生者で、しかもその中でもそれなりに戦闘能力高めな山田くんときた。

まあ、戦闘能力はこの際置いておこう。

こっちの陣営の戦闘能力を考えれば、誰(だれ)が勇者になろうと誤差の範囲だし。

転生者の中で一番強いのはたぶん田川(たがわ)くんか櫛谷(くしたに)さん。

次いで山田くん。

田川くんと櫛谷さんは冒険者として各地で戦闘を繰り返して経験を積んでる。

その二人にしても、二人がかりでメラ一人を倒すことさえできなかったんだから。

メラがやられもしなかったか……。

ふふふ。奴(やつ)は我らの中でも最弱……。

それも倒せんとは、転生者の面汚しよ……。

と、四天王ネタで言ってみたわけだけど、実際メラってうちらの中じゃ最弱だからね。

二人がかりでそのメラにも勝てないようじゃ、戦闘能力って意味で警戒にも値しない。

勇者になった山田くんも、勇者になったことでステータスでは田川くんと櫛谷さんを超えただろうけど、純粋な戦闘能力って意味じゃ実戦経験を積んでる田川くんと櫛谷さんとどっこいってところじゃないかな？

だから、戦闘能力はどうでもいいんだけど、警戒すべきは他の部分なんだよなー。

まず山田くんが転生者だってこと。

そのせいで私は手出しがしにくい。

イヤ、私個人的な気分ではどうでもいいっちゃいいんだけど、先生が頑張って転生者を助けようって動いてるからなー。

先生は私の恩人である。

前世でのことだけど、命を救われた恩がある。

その恩は返しておきたい。

だから、なるべく先生の意向は尊重したい。

なので、転生者は極力助ける方向で動く。

そうなると、手っ取り早く抹殺するのは躊躇（ためら）われる。

次に、山田くんが勇者ユリウスの弟だってこと。

勇者ユリウスはものすごい影響力を持っていた。

勇者ユリウスの弟ってだけで手を貸す人間も出てくるだろうって予想できる。

そんでもって、山田くん本人も勇者ユリウスの後を継ぐ気満々。

勇者ユリウスの仇（かたき）討ちに燃えている。

本人がこれだけやる気があるとなれば、私たちが動けば必ず妨害してくるだろう。

なんせ私たちは魔族軍だしね。

ていうか、勇者ユリウスの仇って私だし……。

そして最後に、これが一番読めないし悩ましいところなんだけど、山田くんの持ってるユニークスキルだ。

分体によって諜報活動して盗み聞いた結果、どうやら山田くんのユニークスキルというのは天の加護って名前のスキルらしい。

その効果は、本人の望む結果を得られやすくなる、らしい……。

なんとも抽象的な効果のスキルだ。

なんというか、運頼みみたいなスキルじゃん。

スキルの多くは固定値で効果が目に見えてわかるのが多いけど、これは真逆で効果のほどがまったくわからん。

だってうまくいってもそれが単純に自分の実力によるものなのか運によるものなのか、この天の加護の効果によるものなのか、見てもわからないんだもん。

でも、私はそんなスキルをこそ警戒している。

あのDが転生特典で持たせたユニークスキルが、微妙な効果っていうのは考えにくい。

普段は意識できないような、ちょっと運がいい程度の効果なのかもしれないけど、ここ一番の大切な瞬間に、絶対に間違わない選択をするような気がする。

ただし、本人にとって。

つまり、山田くんにとっての敵には最悪な結果を持ってくることもありえるわけだ。

そして、その敵っていうのは私たちなんだろうなー……。

最悪、山田くん本人が良かれと思って選択したことが、私たちの目指す世界崩壊の回避っていう大目的を達成できなくしてしまう、なーんてことだってありえる。

効果がわかりにくいからこそ、どこまで天の加護のスキルに運命とでも言うべきものが干渉されるのか、それが見えないのが恐ろしい。

対処がしにくい。

以上の点から、山田くんにはいったん退場してもらおうと画策している。

ああ、もちろんこの世からとかそんな物騒なことは言わないよ？

ちょっと物理的に事件の中心地から遠ざけて、干渉できなくしようってだけ。

勇者ユリウスの抹殺が成功してるし、山田くんの天の加護もきっと万能ではない。

万能だったら山田くんが敬愛している勇者ユリウスが死ぬはずがないからね。

たぶん、本人が知覚できない範囲の出来事であれば、天の加護の干渉も働かない、はず。

なので、アナレイト王国には一回崩壊してもらいます。

え？　十分物騒だって？

気にしなーい。気にしない。

というわけで、アナレイト王国陥落編、行ってみよう！

血1　黒幕の実働役というお仕事

「くくく。ようやくだ。ようやくあいつらに一泡吹かせることができるぜ！」

あー、あー、あー。

粋がっちゃって……。

「おいソフィア！　グズグズすんな！　行くぞ！」

「はいはい」

呆れていた私に業を煮やした、全身鎧を着こんだ男ががなり立てる。

普段の私だったらこんな物言いされたらキレてるところだけど、こいつの哀れっぷりを思うと怒る気もうせるわ。

私の前を肩を大きく振って歩く男、ユーゴー・バン・レングザンド。

レングザンド帝国の王子で、ここ、アナレイト王国の学園に留学している身。

と言っても、その学園にはほとんど通っていないのだけどね。

なんでもちょっと五年くらい前にやらかして謹慎になってたんですって。

何をやらかしたのか、興味がないから聞いてないけど、こいつの様子から見るに、あいつら、とやらの人たちにちょっかいかけて返り討ちにあったってところかしら？

そうなると、そのあいつら、っていうのの中に、この後の標的、この国の王子であるシュレインっていうのが含まれてるんでしょうね。

あー、あー。

私ってばこんなところで何をしてるのかしら？

こういう、暗躍？　っていうの？

そういうの苦手なのよね。

もっとこう、わかりやすくぶん殴るほうが性に合ってるわ。

でも、これも必要なことって割り切るしかないわ。

私に与えられた役割は、こいつ、ユーゴーのサポートよ。

こいつも転生者なんだけど、ちょうどいい具合に標的に恨みを持ってることから、ご主人様が見出して駒に仕立て上げたってわけ。

……そう考えると本当に哀れよね。

というか、こいつが駒にされた時のことは、今でも鮮明に思い出せるわ。


「クソが！　このままで終われるかよ！　この世界は俺のもんだ！　俺の、俺だけの、俺のためだけの世界だ！　こんな終わり方は認めねえ！　認めねえぞ！　全部をこの手に入れるまで、終われるかよ！」

「あのクソエルフが！　絶対に復讐してやる！　許さねえ、絶対に許さねえ！」

「いつかあいつのものをすべて奪ってやる！　俺が奪われたのと同じようにな！」

「待ってろよ！　あいつが大切にしてるもの、全部ぶっ壊してやる！　その上で泣き叫ぶあのクソアマを笑いながらグチャグチャに犯してやる！」

「待ってろよ！　俺はこの世界を取り戻してやる！」

って感じで喚き散らしてたユーゴー。

「助けてあげようか？」

一向に私のことに気づかないものだから、いい加減飽きてきて声をかけちゃったわ。

「誰だ⁉」

ユーゴーがびっくりして振り返る。

ご主人様の転移で直接ユーゴーの部屋に乗り込んでたんだから、ユーゴー視点だといきなり私が背後に佇んでたってなるのよね。

そりゃ驚きもするわ。

ここは慌てふためくユーゴーにこっちが上だって教え込むチャンスね。

「転生者のよしみで、助けてあげてもいいわよ？」

余裕たっぷりに、意味深に微笑んで見せる。

「……んだと？　転生者？」

眉間に皺を寄せるユーゴー。

まあ、いきなりこんな怪しい登場の仕方をした私に飛びつくほどこいつも馬鹿じゃ……。

「……まあいい。てめえが何者だろうが関係ねえ。あいつらに復讐できるんなら、悪魔だろうが何だろうがなぁ！」

あ、馬鹿だったわ。

「いいぜ。その話、乗ってやるよ！」

「だ、そうよ？　ご主人様」

「あん？」

ユーゴーの背後で素早く動く白い影。

その影が背後から右手でユーゴーの口をふさぎ、悲鳴を上げることをできなくする。

そして動きを封じ、残った左手がそっとユーゴーの頭の側面に添えられる。

そして、その手から白い指先に乗る程度の小さな小さな蜘蛛が伝っていき、ユーゴーの耳の中に……。

その一瞬後、ユーゴーの体がビクビクと痙攣。

白目をむいてぐったりと気絶してしまったわ。


という、ドン引きの出来事があったのよ……。

今、私の目の前を自信に満ち溢れた様子で歩く男の頭の中には、あの小さな蜘蛛が……。

ユーゴーはあの日のことを覚えてないっぽいけど、それ以来妙にこっちの言うことを素直に聞いてくれるのよね。

やっぱりあの蜘蛛って、洗脳……。

もしかして、私の頭の中にもいるんじゃ……？

嫌な予想を頭を振って追い払う。

変な呪いはかけられているけど、さすがに頭の中に蜘蛛が入ってるなんてことはない！　……はずよ。

……それはないか。

ご主人様って切り捨てるところは容赦なく切り捨てるけど、あれで身内にはものすごく甘いものね。

そのご主人様が一応身内判定の私にそんなことするはずはないわ。

ちょっと人と価値観が違うから、私がドン引きするようなことでも平然とやったりするけど。

普通目的達成のためだからって言って、戦争とか起こす？

それも人族と魔族、双方に深い傷を残すような規模の。

まあ、私もそれが必要なことだっていうのはわかっているのよ？

でも、それを躊躇なく実行しちゃうところがご主人様がご主人様たるゆえんよね。

かと思えば身内のことは全力で過保護に甘やかしてくるし。

アリエルさんへの態度見ていればわかるわ。

アリエルさんって、私よりもだいぶ強いのに、ご主人様ったら大事に大事にかくまって、危険がないように戦場から遠ざけてるんだもの。

妬(や)けるわ。

ざわざわと騒ぐ胸を、意思の力で抑えつける。

いけないいけない。

嫉妬(しっと)が暴発するところだったわ。

私の持ってるスキル、嫉妬は効果が高いけど、その分デメリットも大きいのよね。

感情の抑制が利きにくくなっちゃう。

もともと私って感情の波が激しいタイプだけど、嫉妬のスキルのせいで余計に、ね。

感情のままに突っ走りがちなのは私の悪い癖だと思うし、直したいと思うけど、そう簡単に直ったら苦労はないわね。

一応嫉妬の影響を抑えるために、外道耐性は取得してあるけど。

外道無効までにはなっていないから完全に影響を遮断することはできていないわ。

自制よ自制。

気づかれないように心持ち深めに呼吸をする。

そうしているうちに、前を歩いているユーゴーが目的地に到着していた。

扉をノックもなく乱雑に開け放つ。

「……ノックくらいしろ」

「俺とあんたの仲じゃねえか。それくらい許せよ」

部屋の中で出迎えた男は、ユーゴーの言葉に眉間に寄った皺を深くする。

この四六時中不機嫌そうな顔をしている男は、この国の第一王子のサイリス。

ユーゴーと同じく私たちの駒。

駒その二ってところね。

凡夫のくせにプライドだけはいっちょ前で、弟たちが自分よりも優れていることが認められない哀れな男。

正妃の息子で第一王子なのに、第二王子であるユリウスは勇者で自分よりも名声がある。

その同腹の弟である第四王子のシュレインも、子供の頃から神童ともてはやされる。

それに対してサイリスは次期国王としてはどれをとっても並。

特別秀でたものがない。

だから弟に次期国王の座を奪われてしまうんじゃないかって怯えてるのよ。

弟を追い落とす協力を持ち掛けたらあっさりと乗ってきたわ。

まあ、よく物語なんかでありそうな権力争いよね。

「本当にうまくいくんだろうな？」

「当たり前だろ？　俺を誰だと思ってる？」

不安なのを誤魔化すように、苛立った様子でユーゴーを問い詰めるサイリス。

まったく、他人の力を借りて自分の力で王座を掴み取ろうって気概もないくせに。

小さい男。

ま、そんな小さい男だからこそ、私たちも気兼ねなく利用できるのだけど。

「誰にも顔を見られていないだろうな？」

「おいおい！　この恰好を見ろよ！」

ユーゴーが呆れたように両手を広げて全身を見せつけるように一回転。

ユーゴーは今、全身を鎧に包んでおり、頭にも兜をかぶっている。

これじゃ中身が誰かなんてわかりっこないわ。

そんなの一目見ればわかることなのに、こうやって確認してくるんだから、よっぽど不安なんでしょうね。

そんな不安がらなくても大丈夫よ。

私たちがバックアップするのよ？

失敗なんて万が一にもありえないわよ。

ああ、とは言っても。

それは私たちにとっての成功であって、こいつらにとっての成功とは、限らないけれど、ね。

落ち着かない様子で部屋の中をうろうろと歩き回るサイリス。

対するユーゴーは椅子にどっかりと座り、余裕を見せている。

私は壁に背をつけて腕を組んで時間を潰す。

そろそろかしら。

耳を澄ませていると、隣の部屋の扉をノックする音が聞こえてきた。

「シュレインです」

「うん？　入るがいい」

「失礼します」

来たようね。

隣の部屋に標的、シュレインが入ったみたい。

「どうした？」

シュレインを出迎えた部屋の主、この国の王にしてサイリスとシュレインの父親が問いかける。

「いや、呼び出したのは父上ではありませんか。ご要件は何です？」

「うん？　私は呼んでいないぞ？」

そりゃ、そうでしょう。

なんて言ったって、呼びだしたのは私たちなんだもの。

その後、不自然なまでに音が途切れる。

それに反比例するかのように隣の部屋の中に充満する魔法の気配。

風の魔法を使って音を遮っている。

そして、その術者はと言うと。

「きゃあああぁ！　兄様！　何をなさるんです⁉」

ぷっ。

棒読みじゃない。

今棒読みの悲鳴を上げたのが、術者の子。

そして、その悲鳴を合図にして、サイリスが部屋を飛び出し、隣の部屋に扉を勢いよく開け放ちながら駆け込む。

ユーゴーもその後に続く。

私は急ぐことなくのんびりと歩いてその後を追った。

「何事だ！」

「兄様が父上を！」

「なんだと⁉　血迷ったかシュレイン！」

あら？　サイリスのほうはなかなか演技がうまいじゃない。

国王なんかにならないで俳優でも目指せば？

なんて、もう手遅れでしょうけど。

「衛兵！　シュレインが国王陛下を襲った！」

廊下にもよく響くサイリスの声。

実は魔法で音量を上げてるのよ。

これだけの大声ならば、無関係で何も知らない人たちにも聞こえているでしょうね。

「シュレインを捕えろ！」

私がのんびりと廊下から部屋の中の様子をうかがうと、ちょうどユーゴーがシュレインを剣で切りつけているところだった。

部屋の中は惨憺たる状態。

国王が額を撃ち抜かれて事切れており、シュレインが切られた傷を手で押さえ、小さな女の子が覇気のない顔で佇んでいる。

「よう。いいザマだな勇者様」

「お、前。ユーゴー、か？」

「正解だ」

ユーゴーが兜を脱ぐ。

「ユーゴー。わざわざ正体を明かすな」

「いいじゃんかよ。冥土の土産ってやつだ」

サイリスとユーゴーのやり取りに、シュレインは混乱してるみたい。

おかげで私が部屋に入ったことにも気づいてないみたいね。

「知りたいか？　このお兄さまは王座が欲しい。俺はテメエと岡に復讐したい。二人ともにテメエが邪魔だったわけだ」

「な、んで……。次の王はサイリス兄様のはずだ」

「ところがどっこい。あのくたばった王様は次期国王をテメエにしようと画策してたわけだ。テメエを勇者だと発表する前に次期国王として発表しちまえば、勇者として戦場に気軽に赴くこともできなくなるって考えてな！」

「そんな下らんことで、この私の王座が奪われてたまるか！」

王様がシュレインを次の王にしようと画策していたのは本当。

これに関しては私たちはなにもしていないわ。

それ以外のことはだいたい私たちのせいだけど。

「兄様。残念ですが、ここで死んでください」

と、ここまで無言だった女の子、この国のお姫様であるスーレシアが口を開く。

お姫様ってことは、つまりはシュレインたちの妹ってことね。

「スー、どうして？」

「兄様、私は真実の愛に気づいただけです。そのためなら兄様を殺すことも厭(いと)いません」

このスーレシアって子、シュレインにものすごくなついていたそうだから、この変わりようはシュレインにとってびっくりでしょうね。

「ユーゴー！　お前の仕業か⁉」

ま、だから気付くわよね。

「お？　気付いた？　気付いちゃった？　そうだよ。俺の仕業だ。どうだ？　奪われる奴の気持ち

は？　悔しいだろ？　俺も味わったからよーくわかるぜー！　ギャハハハハ！」

ユーゴーはとあるスキルを持っている。

その名も色欲。

私の嫉妬と同じく、七大罪スキルと呼ばれる強力な効果を持ったスキル。

その効果は、洗脳。

それでスーレシアを操ってるってわけ。

「今すぐスーを元に戻せ！」

「戻せって言われてはいそうですかって戻すかよ。バカじゃねーの？」

シュレインのことを蔑むユーゴーだけど、洗脳の使い手が洗脳されてるってことには気づいてないのよね。

本当に哀れな男。

仮初の優越感に浸ってるんだから。

まあ、そんなんだから窮鼠猫を噛むみたいに、やられるんでしょうけどね。

「ぐっ⁉　お前、まだこんな力を⁉」

激昂したシュレインがユーゴーを殴り飛ばす。

さらに追撃に魔法を放とうとしてるみたいね。

これは、さすがに助けないとまずそうね。

「あら？　意外と頑張るのね」

「⁉」

魔法を妨害する天鱗と龍結界のスキルを発動。

同時に、それまで消していた気配を開放する。

途端、シュレインは身を転がして私から距離をとった。

へえ。割といい反応じゃない。

なんて感心していたら、振り向いたシュレインが私のことを見て、不意に不快感が全身を襲う。

この感覚……。鑑定ね。

けど残念。

私は嫉妬の持ち主であり、支配者でもある。

支配者の権能によって、鑑定を妨害することができるのよ。

だから私のステータスは読み取れない。

「ソフィア！　こいつは俺の獲物だ！　しゃしゃり出てくんじゃねえ！」

「あら？　無様に殴られていたくせに」

私が助けなければ危なかったくせに。

「ええい！　言い合っていないでさっさとシュレインを始末しろ！」

……私に命令しないでくれる？

それに、シュレインを殺すのはダメなのよ。

だから、ここは助っ人に脱出を助けてもらわないと。

「させません！」

ほら、助っ人が来たわよ？

部屋に飛び込んできた小柄な人影。

それが魔法を放ち、ユーゴーを吹き飛ばす。

と言っても、私が龍結界で威力を削いでるから、大したダメージはないでしょうけど。

「オォーカァァー‼」

ほら、その証拠に元気いっぱい。

でも、これ以上の追撃の魔法は阻止しておきましょうか。

小柄な乱入者、前世の私たちの担任である岡崎先生の生まれ変わりのエルフが放つ魔法を打ち消しておく。

「あ、あなたは⁉」

先生が目を見開く。

つい最近別の場所で会ったばかりだものね。

しかも割と衝撃的な場面で。

その私がこんなところにいたら驚くわよね。

「くっ！　シュンくん、逃げますよ！」

先生が魔法で床を砕き、粉塵が巻きあがる。

「ですが！」

「ダメです！　今は一旦引きましょう！」

「ハイリンスさん」

「レストンにシュンが危ないと聞いて駆けつけた。混乱してるだろうが、今は逃げたほうがいい」

粉塵の奥でそんなやり取りがあり、駆け去っていく足音が聞こえてくる。

「何をしている！　追え！」

サイリスが叫ぶけど、私もユーゴーもそれを無視する。

「じゃあ、手はず通りに頼むわよ？」

「ああ。任せておけ」

ユーゴーがにやりと笑い、サイリスに歩み寄る。

「……なんだ？」

サイリスが不穏な気配を感じたのか、後ずさる。

「なーに。ちょっとテメエの頭の中をいじくるだけさ」

「な⁉」

ユーゴーの手が素早く伸び、サイリスの頭を鷲掴みにする。

「何を、する⁉」

「テメエとの協力関係はここまでだってことだ。あとは使い捨ての駒として頑張ってくれや」

「ぐ、ぐああああ⁉」

サイリスが苦悶の叫びをあげる。

私はそれを最後まで見届けることなく、部屋を後にする。

ユーゴーが今サイリスに施しているのは、洗脳ではなく精神の破壊。

なぜ洗脳ではないのかと言えば、サイリスにはすでに先客がいたから。

サイリスはもともと操られていた。

本人にその自覚はないでしょうし、支配されていると言ってもちょっと思考を誘導される程度のものらしいけれど。

ただ、今ユーゴーがやっているように、精神が壊れて元に戻らないことを厭わなければ、完全な操り人形にする下準備はできている。

そして、その支配を上書きするには、一度精神を破壊するしかない。

支配ごと精神を真っ白にしちゃうわけね。

実は、この国はすでに多くの人間が秘密裏にサイリスと同じ支配を受けている。

国王もその一人。

だから、殺した。

アナレイト王国を混乱させる必要があるのは、上層部の人間が毒牙（どくが）にかかっているから。

シュレインを次期国王にするっていうのも、思考を誘導された結果だろうってご主人様が言ってたわ。

その目的までは知らないけれど。

たぶん、勇者であるシュレインを教会に渡さずに、手元に置いておきたかったからじゃないかってご主人様は推測してるみたい。

王国は一度徹底的に潰（つぶ）して、膿（うみ）を出さないといけなかったのよ。

だから城内では一斉駆除が始まっている。

支配を受けている人物をサイリスの兵に襲わせている。

そして、その兵の中には魔族軍第十軍のメンバーが紛れ込んでいる。

これで標的を取り逃がすことはない。

そして、私はこの王国を陰から支配しようともくろんでいた元凶を、これから排除しに行く。

「ごきげんよう」

そしてやってきたのは、城内の客人を寝泊まりさせる一室。

そこで私を待ち構えていた人物は、ポティマス。

「……この騒ぎ。やはり貴様らの仕業か」

「害虫駆除って大仕事なのよ」

「ふん。忌々しいことだ」

ポティマスは慌てることなく私と向かい合う。

「……このボディでは貴様には勝てぬ」

「あら？　ずいぶんと潔いのね」

この男はボディと称する肉体に憑依して、遠隔操作し、本体はエルフの里にいるらしい。

だから、ボディをいくら殺しても本体が死ぬことはない。

だからこその余裕なのだろうけれど、抵抗するそぶりも見せないとは思わなかったわ。

「白とアリエルに伝えておけ」

ポティマスは表情を変えずに、しかし、目の奥に暗い炎を灯しながら言う。

「エルフの里で待つ。貴様らの思い上がり、我が全力で叩き潰してやる」

「伝えておくわ」

と言っても、ご主人様のことだからこの様子も分体を通じて見てるんでしょうけど。

これ以上その不愉快な顔を見ているのも嫌だし、一思いにその首を刎ねる。

ポティマスの首が床に転がる。

それにしても、ご主人様ったら……。

長年の宿敵のアリエルさんよりも先に名前を呼ばれるなんて、相当目の仇にされてるわね。

それだけのことをしてきたんでしょうけど。

さてと。

あとはもう、シュレインが無事に脱出してくれれば計画は完遂なんだけど。

それじゃあ、面白くないわよね？

ポティマスが無抵抗だったこともあって、ちょっと消化不良なのよね。

だから。

少し遊びに行きましょうか。

Sophia Kelen

本名ソフィア・ケレン。人族領サリエーラ国生まれ、魔族領育ちという異色の経歴の持ち主。現代では絶滅した吸血鬼であり、七大罪スキル嫉妬の保持者。そうした経歴や種族、スキルによる影響によっていろいろとこじらせた結果、奔放な行動が目立つようになった。抑圧された人生を送ってきた反動で、他人の不幸は蜜の味を地で行く性格に。なまじ力があるため白の抑えがないと何をしでかすかわからない。現在はお目付け役の白の下、魔族軍第十軍の戦闘員兼つかいっぱしりとして各地で暗躍している。

閑話　エルフに起こる悲劇

「あら？　お久しぶりね」

そう言って嫣然と微笑む少女。

彼女を最後に見たのはもう何年も前のことで、そのころはまだ小さな女の子でした。

その時の彼女は小さく、寄る辺もなく、私の庇護すべき対象だと、そう思いました。

でも、再会した彼女は……。

「根岸、ちゃん……」

「その名前で呼ばないでくれます？」

不愉快そうに指を舐めた根岸ちゃん。

その仕草は艶めいていて、実年齢以上に大人びて見えました。

もう、子供ではない、私の庇護を必要とはしていないのだと、如実に表しているようでした。

指から舐めとったのが、真っ赤な鮮血だというのが、なおさら。

「私前世は前世、今は今って区切ってるの。もう、前世みたいに先生に哀れまれるような人間じゃないのよ」

「哀れむなんて……」

根岸ちゃんの言葉を否定しきることはできませんでした。

前世の根岸ちゃんは、お世辞にもいい立場だとは言い難い境遇でしたから。

クラスでは浮いていたのは確かです。

私もなんとか手を差し伸べようと頑張っているつもりでしたが、それが教師としての矜持ではなく、哀れみから来ていたと言われれば、そうかもしれないと私自身思ってしまうのです。

「馬、鹿な……！　そんな馬鹿な⁉」

エルフの召喚士が叫ぶ。

根岸ちゃんの舐めとった鮮血は、彼が召喚した魔物のもの。

エルフの中でも最高の召喚士と名高い彼の、最高の召喚獣。

危険度Sランクの、龍種にも匹敵する魔物が、その原型をとどめないほどズタズタにされていました。

「馬鹿な！　馬……」

譫言のように同じ言葉を叫び続けていた召喚士の声が不自然に途切れる。

私が目を向ければ、首から上を失った召喚士の胴体が倒れました。

召喚士の首を刎ね飛ばしたのだろうチャクラムが、いつの間にか根岸ちゃんの横に並んでいた白装束の少女の手に収まりました。

呆然と佇む私の他に、立っているエルフはいなくなっていました。

倒れ伏すエルフたち。

地面に広がる、血の海。

「どう、して……。こんな、ことを……？」

私は、問わずにいられませんでした。

「どうして？　エルフが私たちにとって邪魔だからよ」

それに、さも当然のように答えた根岸ちゃん。

「私たち？」

「そ。私たち」

「あなたは、やっぱり魔族に……」

根岸ちゃんを最後に見たのは帝国の端でのこと。

その後、彼女は魔族に連れられ、魔族領に行ってしまいました。

つまり、根岸ちゃんは魔族に加担することにしてしまったのだと、そう思いました。

「ああ。まあ、魔族と言えば魔族なのかしら？」

「え？」

ですが、返ってきたのはその不自然な物言い。

「一応魔族を動かしてはいるわね。でも、私たちは魔族っていうくくりとはちょっと違うわね」

「魔族じゃ、ない？」

では、いったい何だと言うのか。

「管理者、って言ってもわからないわよね」

その言葉に、目を見開きました。

なぜ？　どうして？

根岸ちゃんの口から出たのは、ありえない存在。

私自身、その存在を教えられながらも、実在しているのか半信半疑だったもの。

「管理者と敵対するなんて、エルフって馬鹿なの？」

「あなたは！　管理者の指示でこんなことをしているというのですか⁉」

「だからそう言ってるじゃない」

「ソフィアさん」

呆れたように肩を竦める根岸ちゃんに、白装束の少女が嗜めるように名前を呼びました。

「はいはい。喋りすぎだって言いたいんでしょ？　お堅いんだから」

そう、白装束の少女をからかうように笑う根岸ちゃん。

その笑顔は年相応の普通の女の子に見えました。

そこが血だまりの広がる地獄でなく、それを為したのが根岸ちゃんたちでなければ。

その状況で普通に笑える神経が、私には理解できませんでした。

もう、そこにいるのは私の知っている根岸ちゃんではない。

前世の頃から難しい子ではありましたが、今の彼女は、もっと別の、おぞましい何かのように感じられました。

「じゃ。顔見知りのよしみで見逃してあげるわ。力の差がわかったのなら、もう邪魔しないでね」

そして、バイバイと、根岸ちゃんは白装束の集団を率いて去っていきました。


それが、つい最近の出来事。

魔族領に近い帝国内で、エルフの失踪が相次いで起き、その実態解明のために私が赴いた時の出来事でした。

召喚士だけでなく、他にも腕利きのエルフを何人も連れて行ったにもかかわらず、生き残ったのは私だけ。

それも、実力でしのいだとかそういうことではなく、見逃されただけで……。

そして、おそらくさっきも……。

私たちはレストンくんが拠点にしている屋敷に逃げ延びてきました。

「ここでレストンくんと落ち合う予定です。その後、この国を出奔します」

「待ってくれ先生！　ユーゴー、あいつをどうにかしないとスーが！」

「ダメです」

シュンくんがユーゴーのところに戻り、この騒動を収めようと提案してきましたが、それはできません。

なぜならば、根岸ちゃんがいるのですから！

いくらシュンくんが勇者になっても、Sランクの魔物さえ容易く屠る根岸ちゃんに勝てるとは思えません。

なぜ、この王国から遠い魔族領にいるはずの彼女がここにいるのか。

考えられるのはユーゴーが転移陣を使わせたということ。

王国と帝国にはそれぞれ転移陣が設置してあり、それを使えば遠く離れた帝国から王国にワープしてくることができます。

帝国であれば魔族領とも接していますし、実際に根岸ちゃんは帝国でエルフの暗殺を手掛けていました。

どうやってかはわかりませんが、おそらく帝国で活動している時にユーゴーと接触したのでしょう。

そして、ユーゴーの力に目を付け、それを利用している……。

とにかく、状況は最悪です。

どこまで根岸ちゃんたちの手が入り込んでいるのかもわかりませんし、この国を出て安全なところに避難しなければなりません。

「先生。今あいつをどうにかできればこの騒ぎも落ち着くはずだ。城に戻ってあいつを捕まえれば」

「ダメです」

「先生！」

私が根岸ちゃんの危険性を説明したところで、シュンくんを納得させることはできないでしょう。

なので、別角度から説得することにします。

「教会が新勇者を発表しました。その名前は、ユーゴー・バン・レングザンド」

神言教の総本山である聖アレイウス教国。

そのトップである教皇がつい先日発表したのは、まさかの次代の勇者として、ユーゴーの名前を挙げることでした。

私がこの王国に急いで戻ってきたのも、その発表があったからです。

「は？」

シュンくんが間抜けな声を漏らします。

私もその発表を聞いた時は同じような反応をしました。

称号は絶対です。

勇者はその称号を持つシュンくんで間違いありません。

それなのに、教会はユーゴーを勇者として発表した。

きな臭いことこの上ありません。

そこにきての、この騒動。

「この件、教会すらもグルなんですよ」

つまりはそういうことだと、そう判断せざるをえません。

さっきも言いましたが、称号は絶対です。

鑑定のスキルは珍しいものの、シュンくんのように持っている人はいます。

そして、鑑定石というものも存在しています。

それらを使えば、ユーゴーが勇者でないことはすぐ露見してしまうでしょう。

にもかかわらず教会がユーゴーのことを勇者として発表したのは、そこに何らかの思惑が隠されているということ。

「どうして教会までこんな馬鹿げたことに加担しているのか、エルフ殿は心当たりはあるか？」

私と同じ考えに至ったのか、ハイリンスさんが問いかけてきます。

その答えは、私の中ですでに出ています。

「おそらく、ユーゴーくんの洗脳が教会内部にまで浸透していると考えるのが妥当でしょう」

スーちゃんがユーゴーに操られていたということは、道中でシュンくんから聞いています。

そこから導き出されるのは、その力を使って教会をユーゴーが掌握し、自らを勇者として発表させた、ということでしょう。

「馬鹿な。洗脳の類は一瞬で効果がきれる。こんな事態を引き起こすほどの効果はないはずだ」

ハイリンスさんが懐疑的な意見を出しますが、それはスーちゃんのしたことを考えれば、すでに破綻(はたん)しているんです。

自殺や他殺を促す洗脳というのは、かなり難易度が高いのです。

元の地球でも暗示などで本人が拒否感の大きいことをさせるのは難しいとされていました。

こちらでもそれは同じで、スキルによって一時的に言うことを聞かせることができたとしても、本人が強い拒否感を持っている場合、洗脳は即座に解けてしまうのです。

しかし、それを可能にする例外のスキルが、たった一つだけ存在します。

「はい。普通ならそうですが、例外があります」

「例外？」

「最上位スキル七大罪シリーズ『色欲』です。このスキルの洗脳効果は、他のスキルの比ではありません。ユーゴーくんは、このスキルを持っていると見て間違いないでしょう」

この世界には特別なスキルがいくつかあります。

七大罪シリーズ、そして七美徳シリーズ。

私はとある理由により、その特別なスキルの概要をポティマスから聞いています。

そのうちの一つこそが、色欲。

強固な洗脳により、人々を言いなりにしてしまうスキルです。

ポティマスから聞いた七大罪シリーズのスキルの効果はどれもこれも破格でしたが、色欲はその中でもえげつないという意味で記憶に強く残っていました。

とは言え、ポティマスも過去に色欲のスキルを持っていた人物から、そのスキルの効果を推測しているだけで、色欲がどれほどの効果を発揮するのかまでは知らないようでした。

ですので、ユーゴーが実際にどれだけの人を洗脳しているのか、できるのか、それはわかりません。

「とにかく、どこまでユーゴーくんの手が伸びているかわかりません。この国はもうダメだと思ったほうがいいでしょう」

「そんな……」

今は安全策をとり、態勢を立て直すためにもこの国から脱出するのが最善です。

「そんなの、ダメだ。それなら、なおさらユーゴーを放っておくことなんかできない！　今あいつをどうにかすれば、まだ間に合うかもしれない！」

「ダメです！」

シュンくんの言うことはもっともですが、それができない理由があるんです！

「ソフィアさんがいる限り、こちらに勝ち目はありません」

ソフィアさん、根岸ちゃんは、私たちとは隔絶した強さを持っています。

大戦にて、私は人族の一員として参戦しました。

その目的は同じく大戦に参戦していた田川くんと櫛谷(くしたに)ちゃんと接触することでしたが、そこで私は彼らとともにメラゾフィスという魔族の将の一人と相まみえたのです。

そのメラゾフィスは、私たちが束になってようやく、互角に手が届くかどうかという強さでした。

互角ではありません。

互角に手が届くかどうか、です。

そのメラゾフィスは、根岸ちゃんの生家の元従者なのだそうです。

ポティマスの調べによれば、元はただの普通の人間だったそうですが、根岸ちゃんの力によって吸血鬼となり、今の実力を手にしたのだそうです。

つまり、メラゾフィスの主である根岸ちゃんの力はそれ以上。

自慢ではありませんが、私のステータスはかなり高いです。

その私をして、私以上だと思われる田川くんや櫛谷ちゃんたちと協力しなければ、メラゾフィスには敵いませんでした。

今にも田川くんが切り殺されるのではないか、というあの壮絶な戦いは、後衛に徹していた私でさえ死の恐怖を身近なものとして感じたものです。

それ以上に、田川くんや櫛谷ちゃんが本当に目の前で死んでしまうのではないかと思うと、気が気ではありませんでした。

櫛谷ちゃんが重傷を負った時は、本当に体の芯が凍り付きそうな恐怖を味わいました。

それだけの思いをして、退けるのがやっとの難敵。

根岸ちゃんは、そのメラゾフィスよりも強いのです。

勝ち目は、ありません。

「先生、あれは一体何者なんです？」

私のただならない様子にようやく気付いたのか、シュンくんが聞いてきました。

「彼女は……」

と、根岸ちゃんのことを説明しようと口を開いたところで、レストンくんたちがやってきました。

タイミングが悪いですが、今は説明よりも脱出のほうが先決です。

ここを無事に脱出できたら、その時こそきちんと説明しましょう。

だというのに……。

「さっきぶりね」

私たちの前に再び根岸ちゃんが立ちはだかりました……。

3　王国を転覆させるっていうお仕事

分体を通して状況を観察してるんだけど、目まぐるしいな！

イベント目白押しやぞ！

山田くん視点で見ると、王様が妹ちゃんに殺されたと思ったら、やらかしていなくなったはずの夏目（なつめ）くんが意気揚々と出現。

しかも第一王子のサイリスが夏目くんと共謀してクーデターを引き起こし、王様殺害の容疑を山田くんに擦（なす）り付け。

青天（せいてん）の霹靂（へきれき）って、こういうことを言うんだろうなー、って感じの怒涛（どとう）の展開やね。

哀れ、山田くんは濡（ぬ）れ衣（ぎぬ）を着せられ、王都から逃げ出さざるをえなくなるのでしたー。

かわいそう……。

え？　そうなるように仕組んだお前が言うなって？

まあそうなんだけどねー。

とは言っても、私がこうなるように調整しなきゃ、もっと悲惨なことになってたかもしれないし。

夏目くんはどうあっても山田くんとか先生のこと逆恨みして暴走してただろうし。

第一王子のサイリスも弟たちに対する劣等感と、王座に固執するあまり暴走しかねなかったし。

おまけに王国の上層部にはポティマスの毒牙（どくが）が浸透してたわけじゃん？

いろんなところに爆弾はあったわけだよ。

その爆弾を、こっちの都合のいい時期に、都合のいい指向性をもたせて起爆したってだけなんだよ。

私は爆弾を処理してあげたんだよ！

だから私は悪くねえ！

って、言ってみる。

……ダメ？　許されない？

むむむ。しょうがない。認めよう。

私が悪うございました！

まあ、王様とかぶっ殺しちゃってるしー。

操られてとは言え、その王様ぶっ殺しちゃった妹ちゃんにはトラウマ刻み込んじゃったかもだしー。

悪辣なことしてる自覚はある！

でもやめない！

ていうかやめられない。

もっとスマートな解決方法があるのかもしれないけど、私の考える最善は尽くしてるつもりだし。

とりあえずこの混乱に乗じて、ポティマスの毒牙にかかってた王国上層部の人たちは軒並み始末できた。

ポティマス本人も吸血っ子が首ちょんぱしたし。

相変わらず本体じゃないから、そのうち別の体を使って出てくるだろうけど、ここまでやればとりあえず王国から手を引かせることはできたはず。

これでミッションは大方コンプリート。

あとは適当に山田くんたちを逃がせばＯＫ。

王国っていう最大の後ろ盾を失った山田くんには、もう大それたことはできない、はず。

ことが全て終わるまで、どこかでひっそりと潜伏しててくれればいい。

と思ったんだけど、夏目くんが洗脳した人たちのせいで山田くん苦戦してるな。

洗脳された大島くんを相手に攻め込めない感じか。

んー。山田くんの実力なら大島くんを無力化するのはさほど難しくないって思ってたんだけど、ちょっと過大評価してたか？

イヤ、実力っていうか、これは心情的なもんか。

前世からの親友に躊躇なく刃を向けることはできないってやつね。

それにしても……。

「カティア！　正気に戻れ！」

「うるさいですわね。私は正気です。反逆者は反逆者らしく、大人しく処罰されなさい」

痴話喧嘩かな？

大島くんが放つ火の魔法を、水の魔法で相殺する山田くん。

その光景は派手なんだけど、どうにももっと上の超次元戦闘を見慣れちゃったせいか、いまいち迫力が足りない。

や、本人たちは必死こいて戦ってるんだろうけど、どうにも見てて緊迫感が足りないっていうか……。

まあ、だからというかなんというか、山田くんと大島くんがじゃれてるようにしか見えない。

や、重ね重ね言うけど、本人たちは必死に戦ってるんだよ？

ただ、神話級の魔物とかとの戦闘に比べると、迫力が、ねえ？

なんて、失礼な感想を抱いて気の抜けた観戦をしていたせいか、反応が遅れてしまった。

げえっ⁉

大島くんが自爆したあ⁉

夏目くんの洗脳を振り払うために、まさかの自爆！

イヤ、でも、これ、どう見ても致命傷……。

やばぁ……。やっちまったぁ……。

いくら自分の力じゃ洗脳を解けないからって、まさか自爆するなんて……。

「カティア⁉」

山田くんが倒れそうになった大島くんに駆け寄り、地面につく前にその体を抱きとめる。

とは言え、渾身(こんしん)の一撃を無防備に受けた大島くんの体は、誰(だれ)がどう見ても助からないほど傷ついている。

しまったなぁ……。まさかこんなことになろうとは……。

大島くんの精神力を甘く見ていたか。

七大罪スキルの洗脳に、一瞬だけとはいえ抗(あらが)うとは。

しかも、正気になったその一瞬で、自らの命をなげうつなんて。

想定外も想定外だ。

あー、先生ごめん……。

心の中で先生に謝っていると、柔らかな光が山田くんと大島くんを包む。

治療魔法か。今さらそんなことしても間に合わっ⁉

違う！　これは治療魔法じゃない！

山田くんの発動しているこれは、断じて治療魔法なんかじゃないぞ⁉

その証拠に、どう考えても致命傷だった大島くんの傷が治っている。

「あ、シュン？」

「カティア、正気に戻ったか？」

「あ、れ？　け、が？」

「治した」

「あい、か、わら、ず、でた、らめな、やつ」

「今はもう喋（しゃべ）るな。ここから脱出する」

大島くんと山田くんがイチャイチャし始めてるけど、私はそれどころじゃなかった。

思わず本体が椅子を蹴倒（けたお）して立ち上がっちゃうくらいには、衝撃的な出来事が今起こった。

大島くんの傷は、どう考えても助かるものじゃなかった。

どころか、山田くんが抱きとめた時には、大島くんはおそらく死んでいた。

普通の治療魔法では致命傷を即座に治すことなんて不可能だし、治療魔法の上位スキルである奇跡魔法でさえ、死んだ人間を蘇（よみがえ）らせることはできない。

それができるとしたら、たった一つ。

七美徳スキル、『慈悲』。

この世界で唯一の、死者蘇生スキル。

その使い手が、まさか山田くんだったとは……。

イヤ、まあ、半ば予想していたことではあるんだけどね。

慈悲のスキルを持ってる人間がいることは、実は知ってた。

それが誰なのかは知らなかったけど。

ただ、七美徳シリーズのスキルは、七大罪シリーズと同じで取得するのは難しい。

この世界の人間だと、狙って取ろうと思っても、手が届かないくらいだもん。

狙ってそれなんだから、偶発的に取れることなんてほぼない。

となれば、慈悲の取得者はこの世界にとっての異分子、転生者である可能性が高かった。

その中で慈悲を取りうるのは、まあ、山田くんだろうなって見当はついてたんだよね。

ていうか、わざわざ転生者の大島くんとか長谷部さんを、夏目くんに洗脳させたのは、彼女らが七美徳スキルを持ってるかどうか確認するためでもあったんだよね。

結果、大島くんも長谷部さんも外れだったわけで、消去法で山田くん、先生、田川くん、櫛谷さんの誰かが慈悲持ちだったわけだ。

このうち先生は性格的に慈悲を持っててもおかしくないけど、殺されたエルフの蘇生を一回もしていないことから除外。

田川くんと櫛谷さんって線も残ってるけど、性格的に山田くんのほうが濃厚だなって。

まあ、確かめるためには山田くんを鑑定するか、こうやって実際に使ってもらうかしないといけなかったわけで、さすがに死体用意してやらせるわけにもいかんでしょ。

今回不幸中の幸いというかなんというか、怪我の功名的に慈悲の所持者を特定できたわけだ。

たぶん山田くんなんだろうなーと思いつつも、特定できてなかったから予定には組み込んでなかったけど、これはチャンスかもしれない。

慈悲のスキルの代償は、禁忌のレベルアップ。

この世界のシステム的に受け入れがたい、死者蘇生を可能にする慈悲。

けど、死者を蘇らせた先には、システムの真実を知らしめるという禁忌が待っている。

それを知った時、死者蘇生がどんな意味を持つのか、気づかないわけがない。

相変わらずDのやることはえぐいわー。

心を折りに来てやがる。

けど、それを利用しよう。

山田くんをおびき寄せて、目の前で死者を作る。

きっと山田くんは死者蘇生を行うはずだ。

そして、禁忌のレベルを上げていく。

そうして禁忌をカンストした時、山田くんはこの世界の裏側を知ることになるんだ。

そうなった時、山田くんは選択を迫られる。

私たちと敵対するか。

それとも私たちの手を取るか。

見て見ぬふりをするっていうのも選択肢としてはありだね。

世界の命運なんて重いもの、普通の人間だったら背負えない。

もし敵対するなら、その時は全力で叩き潰そう。

けど、山田くんはそんなことできないと思う。

だって彼、小市民だもん。

勇者なんてもんになっちゃってるけど、元はどこにでもいる普通の少年。

だから、きっと世界の命運なんて背負えない。

今のうちに真実を知らせておいて、引くように促しておこう。

うん。この後は適当なところに避難してもらって、引きこもっててもらう予定だったけど、プラン変更だ。

いったん王都を脱出してもらうことに変わりはないけど、もう少し山田くんにはいろいろやってもらおう。

と、頭の中で今後の予定を立てていく。

山田くんたちの最大の障害だった大島くんが倒れた今、脱出は容易だろう。

「さっきぶりね」

と思ったらおいいいいぃぃぃ！

吸血っ子さんや？　何をしてるんです？

何ラスボスチックに立ちはだかっちゃってくれやがってるんですます⁉

「あ、これ。先生にプレゼント」

「ポティ、マス！」

「そ、そんなっ⁉」

しかもポティマスの首投げてよこすとかの演出付きー⁉

そんなことされたらドン引きするに決まってるだろ！

吸血っ子さんや！　マジで何考えてんねん！

「まずいわ。性根が腐ってると血もまずくなるのかしら？」

ポティマスの血を舐めとる吸血っ子。

やめなさい、そんな血。汚いからペッしなさいペッ！

「ポティマスは、あなたが？」

「それ以外に何があるの？」

「だって、あなたは！」

「人殺しなんてできるはずがないとか言わないでよ？　自分だって散々やってきたでしょ？　ここは日本じゃないんだから、前と同じだなんて思わないことね」

先生と口論してるけど、この後どうするの？

え？　私ちゃんと山田くんたちには王都から逃げてもらうって、説明したよね？

まさか忘れてないよね？

なんか先生たち、吸血っ子と戦う感じで構えてるんですけど？

「先生、私と戦う気？　やめてよね。先生には手を出すなってご主人様に言われてるんだから」

そうだよね⁉　私ちゃんと言ったよね⁉

なのになんで立ちはだかっちゃってるの⁉

そんなことされたら先生たちだって戦おうって思うに決まってるじゃん！

「まあ、でも、不可抗力よね。これは自己防衛。だから私悪くないわ」

悪いわボケー！
イ、イヤ、だ、大丈夫。
吸血っ子だってちゃんと最後は逃がすってわかってるはず。

それに、いざとなったらフェルミナちゃんがうまいこと抑えてくれる、はず！

と、思ったら山田くんに向けて飛来するチャクラム。

……あれ？　あれって、フェルミナちゃんのだよね？

吸血っ子だけでも過剰戦力なのに、フェルミナちゃんプラスしちゃったら、どうあっても山田くんたちに勝ち目なくない？

黒装束に身を包んだフェルミナちゃんが、先生に加勢しようとする山田くんを牽制(けんせい)している。

アナを抱えたハイリンスには、同じく黒装束に身を包んだワルドくんが襲い掛かってる。

いつもの白装束じゃないのは、さすがに王国で暗躍するには白装束だと目立ちすぎるからだ。

そろそろ白装束イコール魔族軍第十軍っていう図式が出来上がりつつあるし。

王国でそれを知ってる人がいるのかはわからんけど、身バレを防ぐためにも第一王子のサイリスの手勢に紛れられるように、黒装束にしてある。

なんていうのはどうでもいいことで。

吸血っ子が先生の魔法をことごとく無効化して、じりじりと距離を詰めていく。

吸血っ子には嫉妬のスキルをゲットした時に、付随する称号でゲットした天鱗のスキルがある。

天鱗のスキルは龍種が持つ龍鱗のスキルの上位互換。

その効果は、体に鱗を生やして防御力を上げることと、魔法の構築を分解してしまうこと。

鱗によって物理的な防御力を上げつつ、魔法の構築を分解することで、魔法攻撃にも対処する。

防御スキルとしては隙のない強力なスキルだ。

こと魔法攻撃に関しては、同じような効果を持った龍結界のスキルと組み合わせることで、ほぼ無効化してしまえるくらいに強い。

先生は魔法主体のビルドっぽいし、相性的に吸血っ子が相手だと詰んでる。

その前に純粋なステータスで大きく離されてるんだから、勝ち目はないと言っていい。

それがわかっているからか、吸血っ子はのんびりとした足取りで先生に近づいていく。

先生が風の魔法でなんとかしようとするけど、吸血っ子に魔法は通用せず、文字通りのどこ吹く風状態。

「あうっ！」

そしてついに、吸血っ子が先生の細い首に手をかける。

だからお前何してんじゃあああ！

どうすんだよ⁉

このままだと山田くんたちの冒険はここで終わってしまったエンドになっちゃうじゃん！

ええい！　かくなるうえはこの私が謎の助っ人として駆けつけて先生たちを救出するしか！

と、半ば本気で考えだしたその時、白い竜が飛来した。

あれは……。

「フェイか？」

私の心を先読みするかのように、山田くんがその白い竜に語り掛ける。

フェイ、漆原さんか……。

元は地竜だった漆原さんだけど、勇者の山田くんと召喚契約を結んでいるせいで、特殊進化の光竜ルートに入ったみたいだ。

特殊進化ゆえに、繭みたいな状態になって進化が完了するまで時間がかかってたっぽいけど、このタイミングで進化が完了したのか。

ナイスタイミングすぎる！

……ホントにタイミング良すぎじゃね？

これは、山田くんの天の加護のスキルの影響かも？

「ああ、助かった」

なんて考察してると、どうやら山田くんは念話で漆原さんと会話してたっぽい。

「シュン！　その竜に乗って逃げろ！」

第三王子のレストンが叫び、各々が動き出す。

「俺たちのことは気にするな！　シュン、それにハイリンスさん！　オカさんを連れて逃げるんだ！」

「シュン！　逃げるぞ！」

ハイリンスが気絶した先生とアナを担いで山田くんに駆け寄る。

「逃がすと思う？」

それに待ったをかける吸血っ子。

イヤ！　そこは逃がせよ！

お前ホント何してんのさ⁉

幸いにして、漆原さんがブレスで牽制している隙に山田くんたちを引っ掴んで飛翔。

無事逃げ出していった。

あ、最後の漆原さんのブレスでワルドくんが焼かれてる……。

まあ、死にはしないでしょ。

吸血っ子とフェルミナちゃんは、その場に残った第三王子のレストンとかを素早く気絶させる。

フェルミナちゃんが吸血っ子に対してお小言を漏らし、それを吸血っ子がはいはいって聞き流してる。

いいぞーフェルミナちゃん！　もっと言ってやれ！

でも、私からも吸血っ子にはお仕置きが必要だな……。

4　偉い人と交渉するお仕事

お仕置きした。

「ちょっと待って！　最後はちゃんと逃がしたんだしいいじゃない⁉　それにほら！　そのまま逃がすと後で何しでかすかわからないじゃない⁉　だから先生に昏睡（こんすい）の状態異常かけておいたのよ！　これで十五日はあいつら下手（へた）に動くことができないわ！　ほら！　私有能でしょ！　だから許されるべきよ！」

などと供述しており。

だが、お仕置きだ！

「ぴぎゃあー！」

絞め殺される鶏（とり）みたいな悲鳴を上げる吸血っ子を、いい気味だとほくそ笑んで見るフェルミナちゃん。

他人事（ひとごと）みたいにしてるけど君、吸血っ子に加担してたよね？

「ひぃっ⁉」

一緒にお仕置きしておいた。

まあ、結果的に山田くんたちはいい感じで逃げ出してくれたし、吸血っ子が先生に昏睡の状態異常かけたのもなかなかにグッジョブな判断なので、お仕置きも軽めなものにしておいてあげた。

何をしたのかは吸血っ子とフェルミナちゃんの名誉のために黙秘しておこう。

吸血っ子が先生にかけた昏睡という状態異常は、睡眠の上位の状態異常なのだとか。

解除するのは難しく、かかっている間は文字通り昏睡して目覚めない状態異常らしい。

いつの間にそんな状態異常を引き起こすスキルを身に着けていたんだ……。

ていうか、昏睡なんて状態異常私知らんぞ……。

うーむ。ほとんどのスキルは把握してるつもりだったけど、実は私が知らないスキルってまだまだあったんだなーと再認識。

吸血っ子によれば、先生にかけた昏睡は十五日で自動解除されるとのこと。

なんで十五日なのかと言うと、それ以上になると急激に衰弱が激しくなっていき、目覚めることなく死んじゃうからだそうだ。

怖！

まあ、昏睡してる間は食事もできないわけで、そりゃ、長期間経てばそうもなるわな。

先生が昏睡してる間は山田くんたちも身動きが制限されるし、先生から余計なことを吹き込まれることもない。

先生の情報源ってポティマスだからね。

あいつのことだから先生に変なこと吹き込んでるのは確実だし。

そのせいで山田くんたちが突拍子もない行動をしでかさないとも限らない。

そういう意味では先生を昏睡させたのは確かにグッジョブ。

先生が昏睡している十五日間は山田くんたちの行動は制限されるし、その間に私たちは他のことを進められる。

やらなきゃいけないことはいっぱいだ。

まず、魔族領の内政。

これはバルトに丸投げする。

大戦終了から今まで、鬼くん含め軍団長総出で戦後処理に奔走してたわけだけど、それも一段落ついてきたところ。

おっぱいさんも戻ったことだし、通常運行に戻して大丈夫なはずだ。

というわけで、次の段階であるエルフの里への遠征準備に入る！

そう！　エルフの里への！　遠征！

大戦が終わった今、いい加減目障りなポティマスを始末するべく、エルフの里を壊滅させるための遠征だ。

今までみたいに壊しても次が出てくる使い捨てのポティマスじゃない。

ポティマスの本体を叩(たた)く。

そのためにはエルフの里を完膚なきまでに壊滅させる必要がある。

まあ、だからこそ先生たちを足止めする必要があるんだけどねー。

先生はエルフだし、巻き込むわけにもいかない。

ポティマスの相手をしている時に、先生たちのことを気にかけている余裕があるかどうかもわからないし。

ポティマスとの戦いは熾烈(しれつ)を極めることが予測できる。

エルフの里に監禁されている転生者たちはちゃんと救出するつもりだけど、正直に言えば最悪の場合見捨てることになるかもしれない。
それだけ、ポティマスとの戦いはヤバいだろう。
気を散らせる要因になりえるものはできるだけ少なくしたいところ。
ポティマスと戦う時は、万全の状態で挑みたいんだよ。
でだ。そのためには避けて通れない一人の男がいるんだよなぁ……。
神言教教皇ダスティン。
この男の協力なくして、ポティマスとの全面戦争は起こせない。

「……また無茶な要求をなさる」
というわけでやってまいりました！
神言教総本山、聖アレイウス教国！
私の対面、ではなく、斜め前に座るのは神言教教皇ダスティンその人。
なんで対面じゃないのかって？
「できるでしょ？　ていうかやれ」
対面にはニッコリ笑顔の魔王様が座っておりますので、はい。
人族のドンとも言える教皇。
魔族のドンとも言える魔王。
本来なら邂逅(かいこう)することさえありえない二人。
それがこうして向かい合い、会談しているという奇跡。

本来ならば歴史に残るようなとんでもない現場と言えよう。

そんなすごいところで、教皇に物おじせずに意見、ていうか脅しをかける魔王様。

イヤー、さすがっす。

それに対して教皇は盛大な溜息を吐いた。

「魔族軍の人族領における通行の許可とは。その意味をわかっておっしゃっているのですかな？」

はい。今回の議題、どーん。

エルフの里ぶっ潰すから、魔族軍に人族領を通してくれや。

簡潔に言うと敵軍だけどそこ通して？

教皇が無茶な要求を、というのも納得の内容である。

どこの世界に敵軍の通行許可を出す国があるというのか。

そして、魔王と教皇の関係は敵同士。

魔族の代表と人族の代表なわけだからね。

今はそこにエルフっていう共通の敵があるから、一時的に協力してるってだけで。

敵の敵は味方、に近い。

実際には三竦みにならない敵同士っていうのが正しい。

ポティマスのほうが始末する優先順位は高いからこそ、部分的に協力できているけど、敵同士であることに変わりはない。

しかも、魔族と人族はつい最近どでかい大戦をしたばっかだ。

その状態で魔族軍を通過させてくれって言うのは、無理無茶無謀と言わざるをえない。

しかも、しかもだ！

部分的に協力ができているのはあくまで魔王と教皇だけ。

魔族と人族ではなく、魔王と教皇だけ。

ここ重要。

魔王も教皇も、実質魔族と人族のトップに立ってるわけだけど、両種族を完全に掌握しているわけじゃない。

魔王のほうは恐怖政治でかなり掌握してると言えるけど、その結果軋轢（あつれき）がないわけじゃないからねー。

でもって、教皇のほうは宗教っていうもっと緩い支配形態のため、強権を発動するのは難しい。

宗教っていうのは人を扇動するのにはとても便利な支配形態だと思うけど、あくまで人の思想に訴えかけるため、その人の思想にそぐわないことを強制させるのは難しいのよね。

魔族と和解せよとかその最たるものだと思う。

ていうか、神言教は今までその魔族を目の敵にして人族をあおってたわけだし。

それが急に反対の意見を出したら、求心力は急落すること間違いなし。

求心力で成り立っている神言教にとって、それは崩壊と何ら変わらない。

まあ、王侯貴族の中にも「神言教が言うのであれば！」って感じで、神言教を信奉している人たちがいるし、そうそうそんな崩壊が起きるとは思えないけどね。

実効支配してないのに、思想だけでここまで人心を操る教皇の手腕はすさまじいの一言だよね。

そりゃ、魔王も化物扱いするはずだわ。

その教皇をして、今回の要求はかなり無茶だと頭を抱えてるわけ。

まー、魔王はやれとか脅してるけど、正直ムリっしょ。

さすがに無茶な要求だってのはわかってるし、しょうがないから私が軍ごと転移させて人族領はすっ飛ばすしか……。

「根回しは大変でしたよ」

できるんかーい!?

……え？　マジで？

「さっすがー！　君ならできると私は信じてたよ！　うん！」

魔王がいい笑顔で教皇のことを称賛する。

けど、これあれだ。

だって、事前の打ち合わせでは教皇でもこの難題はクリアできないって言ってたもん！

「マジかこいつ……」って内心思ってるパターンだ。

魔王との打ち合わせはこうだ。

初めに無理難題を吹っかけて、それがムリならできる限りの援助をしろやー！　という脅迫……ゲフンゲフン！　もとい交渉するっていうのが、計画だった。

ほら、最初に無理難題を突き付けて、その次に達成可能な本命をぶつけるのって交渉の基本じゃん？

どうせ魔族軍に人族領を通過させるなんてできっこないんだから、それをダシにむしれるだけむしろうぜ、って悪い顔しながらぐへへと魔王と相談しあった、のに……。

この爺様、なんとおっしゃった？

根回しは大変だった？

それってつまり、もう準備万端いつでもゴーサイン出せますってことよね？

……なんだこのチート爺様。

転生者諸君。内政チートとかやろうとしなくて正解だよ。

このチート爺様にはにわか内政チートなんて通用しないから……。

「でもいいのかい？　天下の神言教とはいえ、相当ムリしたんじゃない？」

あ！　魔王！　その聞き方はまずい！

慌てる私の内心をそのまま受け取ったかのように、教皇の笑みが深くなる。

「ええ、それはもう。後先を考えない、なかなかに手痛い出費を強いられました。ですから……」

教皇はいったん言葉を区切り、目を細める。

「失敗は許されませんよ？」

ひいいい⁉

怖⁉　この爺様、戦闘能力皆無なくせにめっちゃ怖いぞ⁉

脅すつもりが脅されてるぞおい！

「……失敗なんてしないさ。絶対にね」

爺様に気圧されてる私とは対照的に、魔王は落ち着いて返答した。

「この時を待ち続けたんだ。ずっとずっと……」

静かに語る魔王。

でも、その目に宿るものはとても静かと形容できるものじゃない。

静かとは真反対の、荒れ狂う激情が渦巻いている。

「そうですな。長い、実に長い間、この時を待っていました」

そして、同様の目をした教皇。

この二人は気の遠くなりそうな長い時間、ポティマスと敵対し続けてきた。

積年の恨みって言葉があるけど、積もり積もったポティマスに対する恨みは相当なものだろう。

私もポティマスのことは大っ嫌いだけど、この二人のそれに比べたらかわいいもんだと思う。

なんせ恨んできた期間が違いすぎる。

坊主憎けりゃ袈裟(けさ)まで憎いとか、そういうレベルだと思う。

実際魔王も教皇もポティマス憎しが行きすぎて、エルフとみれば見境なくジェノサイドしてきた歴史があるし。

まあ、エルフってポティマスの眷属(けんぞく)的なものだし、しょうがないっちゃしょうがないんだけどね。

それに最近エルフをジェノサイドしてるのは主に私の指示を受けた第十軍だし……。

人のこと言えなかったわー。

なんて現実逃避してみたけど、郷愁を感じさせる遠い目をして沈黙する魔王と教皇を見ちゃうと、ダラダラと背中に汗が滴りそうになる。

やっべ。これ失敗できねーやつだ。

イヤ、失敗するつもりはさらさらないけどさ？

相手はあのポティマスじゃん？

あの性悪が隠し玉の一つや二つ用意してないはずもないし。

その隠し玉の性能によっちゃ、一時撤退とかも視野に入れてるわけですよ。

でも、魔王と教皇の様子を見ると、そんなこと言えない……。

もう、「ここであったが百年目！　決着をつけようぞ！」的な雰囲気をバリバリ感じる。

……実際には百年どころじゃないんだろうなー。

そりゃ、感慨深くもなるわ。

そのポティマス抹殺の成否が私の手にかかってる。

オウ、今から胃がしくしくと痛みを訴えてるぞ？

プレッシャー半端ない。

……だ、大丈夫だ！　問題ない！

この時のために長い時間かけて準備してきたんだし！

やれるやれる！

自分を信じろ！

と、自分を鼓舞しておく。

まあ、できる限り一発で成功しておきたいって気持ちは私にもあるし。

魔王と教皇がこれまでポティマスに飲まされてきた煮え湯を思うと、ね。

さんざんポティマスには迷惑をこうむってきたんだから、ここは魔王と教皇に気持ちよくすっきりしてもらいたい。

教皇が根回しをしてくれていたおかげで、だいぶ余裕ができたことだし。

もともとの計画では、さすがの教皇も魔族軍を人族領に進軍させるのは許可できないだろうと思ってた。

だから、かなり強引な力技になっちゃうけど、私が全軍転移でエルフの里の前まで直接乗り込ませるつもりでいた。

ものすっごいエネルギー消費するけどな！

必要経費と割り切ってました。

が、人族領を通れるならばその膨大な経費を切らずに済む！

その分のエネルギーを他に回せるからね。

これでポティマス抹殺の成功率を大きく上げられる。

ただ、問題も発生する。

転移で運ぶのは一瞬で済むから、魔族軍には進軍の準備をまだ本格的にさせていない。

けど、人族領を行軍しなければならないとなれば、ちゃんとその準備と進軍の予定を組まないといけない。

魔王と教皇がその予定の詳細を詰めていく。

これは魔族領に帰ってからが大変そうだ……。

大急ぎで準備しなきゃ。

魔王と教皇の長年の悲願をつつがなく達成させるためにも、ね。

間章　鬼の行く道

『贖え』

眼を閉じれば、まるで頭の中に直接語り掛けてくるかのように、その言葉が浮かび上がってくる。

眼を開けても、その言葉が消えることはない。

寝ても覚めても、ずっとこびりついて離れない。

『贖え』

禁忌ＬＶ10の効果。

禁忌を犯し、スキルレベルを上げ切ってしまった者たちに与えられる、知識とその代償。

禁忌がカンストした者たちは、一生この言葉と共に過ごさねばならない。

『贖え』

それはこの世界で生きる全ての人間に対しての言葉。

この世界を破滅間際に追いやった、人間たちに罪を自覚させるための、禁忌。

でも、それじゃあ、それとはまったく無関係な世界で生きていた僕ら転生者は、いったい何を贖わねばならないというのか？

その答えは……。


戦後処理がこんなに大変だとは思わなかった。

一通りの作業が終了し、ぐったりとする。

ステータスやスキルのおかげか、肉体的な疲労はそこまでもない。

けど、精神的な疲労がものすごい。

というのも、僕がしていた仕事は、戦死者の名簿の確認や、その遺族への見舞金の準備などだから。

僕の率いた第八軍は、犠牲者がかなり多い。

半分以上は僕が無理矢理敵軍にけしかけて、半ば特攻するようにして死んでいった者たちだ。

名簿を見るたびに、彼らの僕へ向ける怨嗟の声が聞こえてきそうだった。

そして、回収された遺体に縋りつく遺族の姿。

彼らに対して、僕は心のこもっていないお悔やみの言葉を言わなければならない。

心を込めてはいけない。

そんなことをする資格が、僕にはない。

僕は彼らを死地に無理矢理向かわせた、酷い上司でなければならないのだから。

本来ならば、こうして感傷に浸ることすら、僕には許されない。

僕は何も考えないようにして、ひたすら戦後処理を進めていた。

僕が戦った場所の砦は、僕の手によって崩壊してしまったため、占拠するだけの戦略的な価値がなくなっている。

ただの瓦礫の山を占領していても仕方がない。

けれど、戦場跡に置き去りにされた両軍の死者の死体や、砦内にあった物資などを回収しなければばならなかった。

放っておくと戦場泥棒が根こそぎ持って行ってしまう。

砦にあった物資は、僕が砦を潰した際にそのほとんどが使い物にならなくなっていたけれど、運よく崩壊に巻き込まれずに無傷で保管されていたものに関しては、回収することができた。

それ以上に大変だったのは、死体の回収だ。

回収を担当したのは、もちろん第八軍の生き残りや、新たに雇った人員。

そのほとんどが、死者と面識のある人物ばかり。

知り合いの死体を発見し、号泣してしまって作業の手を止めるということが幾度もあった。

これが、僕の作り出した光景。

言葉をなくしそうになる。

それでも、僕は黙るわけにはいかない。

泣きわめく作業員たちに、「泣いてないで動け」と、辛らつな言葉を投げかける。

恨みがましい目を向けてくる人には、それ以上の眼力で睨み返す。

威圧を伴ったその睨みに、彼らは顔を伏せて屈服するしかなかった。

第八軍の面子は、もともとは僕とは何の関わりもない寄せ集め集団。

僕に対する忠誠心なんて、初めからなかった。

それが、死地に無理矢理向かわされ、多くの戦友を喪うことになって、敵愾心と畏怖へと変化している。

理不尽な死への、憎悪。

だけど、逆らえない。

その鬱屈した思いがひしひしと伝わってくる。

まんま、恐怖で部下を縛り付ける悪の将軍だ。

正義なんかどこにもありはしない。

けど、これは僕が選んだ道だ。

今さら後戻りなんかできない。

大きく溜息を吐き、僕は私室の椅子から立ち上がった。

今日はこの後、軍団長を集めての会議が行われる。

私室を出て、会議室に向かう。

その途中で、メラゾフィスさんとバッタリ出くわした。

「どうも」

「どうも」

お互いに口数少なくあいさつを交わす。

メラゾフィスさんはソフィアさんの従者。

それもあって、僕が軍団長になってからというもの、先輩軍団長としていろいろと面倒を見てもらった。

物静かな人で、無駄口を叩く人ではないけれど、今日はいつになく雰囲気が重い。

きっと、僕と似たような理由で気分が沈んでいるんだろう。

いつも青い顔色が、今日はことさら蒼白に見える。

そのままお互い無言のまま会議室に向かう。

扉を開けて会議室に入れば、同じように重い雰囲気のダラド軍団長がすでに席についていた。

ただ、ダラド軍団長は精神的なものよりも、肉体的な疲労が色濃く見える。

僕やメラゾフィスさんと違って、ダラド軍団長は普通の魔族だ。

ステータスもその分低い。

きっと、戦争時の疲労に加え、戦後処理でさらに疲労をため込んだんだろう。

「ぬ。メラゾフィス殿とラース殿か」

声にもいつもの覇気がない。

よっぽど疲れているらしい。

「お疲れ様です」

思わずそんなことを言ってしまった。

「ぬう。やはり疲れているように見えますかな？」

「ええ、だいぶ」

誤魔化(ごまか)しても仕方がないので、正直な感想を話す。

「情けない限りである。せっかくの大舞台で敗北し、その後処理でここまでの醜態をさらす。此度のことは自信を失うことばかりである」

ダラド軍団長は力なく笑った。

そこに、タイミングよくコゴウ軍団長が入室してくる。

巨漢の軍団長は、室内の雰囲気を感じ取ったのか、オロオロと挙動不審になりながら席に着いた。

コゴウ軍団長も顔色が悪い。

多かれ少なかれ、軍団長は激務に追われているということか。

僕も自分の席について会議の始まりを待つ。

しばらく待つと、白さんが入室してきた。

部屋に入ってくる時、気のせいかもしれないけれど、コゴウ軍団長を見ていたような。

白さんは目を閉じているので、どこを見てるかいまいちわからないけれど。

「やあ。そろってるね」

白さんに目を奪われているすきに、いつの間にかアリエルさんが入室していた。

軍団長は全員揃(そろ)っていないけれど、残りは欠席ということだろう。

それよりも、アリエルさんの横に立つバルトさんの顔色がやばい。

今にも死にそうな土気色をしてるんだけど、大丈夫だろうか？

「第二軍団長はまだ到着してないから欠席っと」

アリエルさんが第二軍団長、サーナトリアさんの欠席理由を告げる。

サーナトリアさんは一度だけこの軍団長会議に現状報告をしに単身戻ってきていたけれど、その後すぐに猿の魔物に占拠されてしまった砦を見張りに取って返してしまった。

今はその砦から、第二軍を率いて戻ってきている最中だ。

前回の会議の折、アリエルさんの口から次の遠征先はエルフの里だと告げられている。

元第七軍団長のワーキスがエルフと結託していたことからわかるとおり、軍団長の中にはエルフと通じている人物がいる。

僕はそれが誰なのか、アリエルさんや白さんから聞いていないけれど、態度からサーナトリアさんだろうとあたりをつけている。

ただの予想にすぎないけれど、十中八九間違ってはいない。

僕にもわかることなのだから、アリエルさんや白さんが気づいていないはずがない。

つまり、今サーナトリアさんは泳がされているということだ。

エルフの里に進軍し、エルフという種を絶滅させるという段になって、まだサーナトリアさんを泳がせている理由はわからない。

けど、アリエルさんと白さんのことだから、おそらく深い理由があるんだろう。

「さて、今回急遽集まってもらったのは他でもない。エルフの里への進軍計画についてだ」

おや？　と内心で首を傾げる。

いつもの軍団長会議ではアリエルさんは進行をバルトさんに任せている。

それが、今日に限ってアリエルさん自ら進行役を担っている。

いつもとは違う。

それが何となく嫌な予感を覚えさせる。

「実はちょっと予定に変更があってね。日程を前倒しにしなきゃならなくなったんだ」

そして嫌な予感というものは往々にしてよく当たるものだ。

出席した軍団長たちが息をするのも忘れたように沈黙する。

戦後処理がようやく一段落した直後だというのに、すぐ進軍をしなければならないというのだから、その反応にも頷ける。

もともとの進軍計画でもかなり時間がなくて忙しかったというのに、さらにそれが前倒しになるとなれば、予想されるデスマーチに今から頭を抱えたくなる。

「イヤー、すまんね！」

アリエルさんが頭をかきながら軽い調子で謝罪してくる。

何の慰めにもならないけど、おそらく内心では本気ですまないと思ってくれているんだろう。

なんだかんだアリエルさんは人がいいから。

しかし、待っている仕事の量はアリエルさんの謝罪では少なくならない。

ブラック企業という単語が頭の中にちらついた。


人間、やればできるもので、なんとか予定通りに軍の再編を終えて進軍の準備を整えることができた。

これもひとえに軍団長が一丸となって準備に奔走した結果だろう。

特にバルトさんとダラド軍団長は非常に協力的で、この準備期間でだいぶ打ち解けられた気がする。

意外だったのが、エルフと密通していると思われるサーナトリアさんもそれなりに協力的だったことだ。

魔王城に帰還したサーナトリアさんは、魔族領残留組であるバルトさんやダラド軍団長と協力して、治安維持やエルフの里進軍中の防衛体制の見直しなどに積極的に参加していた。

バルトさんやダラド軍団長のように、戦力を遠征組に融通してくれるなどということはなかったが。

それでもこちらは大いに助かったのも事実だ。

どうやらサーナトリアさんはエルフを切って、アリエルさんにつくことにしたらしい。

蝙蝠のようでいけ好かないが、僕が手を下す案件ではない。

逆に、積極的じゃなかったのが第三軍団長のコゴウ軍団長だ。

コゴウ軍団長は昔から反戦派だったし、今回の遠征にも反対らしい。

とは言え、積極的に協力しないと言うだけで、妨害をしてくるわけでもない。

消極的ながら、バルトさんあたりが指示を出せばその通りに動いてくれはする。

意志薄弱。優柔不断。

それが僕のコゴウ軍団長に対する印象だ。

少々棘のある印象になってしまったのは仕方がない。

こっちが寝る間も惜しんで動き回っているというのに、軍団長の中でただ一人積極的に協力してくれなかった人物なのだから。

協力してくれなかったと言えば、第九軍軍団長の黒もそうだけれど、彼は軍団長の中でも特殊な立ち位置なのでしょうがない。

もう一人の特殊な立ち位置の軍団長、白さんはと言えば、こちらもかなり忙しそうに奔走していた。

と言っても、実際に忙しそうにしている白さんの姿を見たわけじゃない。

白さんが率いる第十軍は表向きどんな活動をしているのか謎の軍団なのだが、白さんが転移を駆使してあっちこっちに連れまわし、様々な雑事をこなしているのを僕は知っている。

その第十軍の姿を準備期間中まったく見なかったのが、忙しい証拠だ。

その第十軍もさすがにこの出陣の日には駆けつけている。

……ソフィアさんをはじめ、一部姿が見えない人たちもいるが。

姿が見えない人たちは、おそらく帝国軍に同道しているんだろう。

僕らの前に、すでに夏目くん、今はユーゴーか、が率いる帝国軍がエルフの里に向けて進軍している。

僕ら魔族軍はその少し後、第二陣として進軍することになる。

出陣する魔族軍をざっと見まわす。

視界に飛び込んでくるのは、帝国の軍旗。

帝国の軍旗がさっと見ただけでも目に飛び込んでくるほどの数はためいている。

これを用意したのは、おそらく白さんだろう。

僕らはこれから、帝国軍のふりをして進軍を開始する。

魔族と人族に見た目の差異はない。

だから、こうして所属をわかりやすく表すものを見せつけ、さらに事前に帝国軍であると吹聴しておけば、バレる心配はない。

例外は僕のように見た目の異なる人たちだけれど、それも全身鎧(よろい)などで姿が見えないようにすれば問題ない。

人族領では今頃(いまごろ)、帝国軍が進軍するための用意が済んでいることだろう。

その帝国軍がまさか魔族軍だとも知らずに。

あの教皇ならばその程度の根回しはしているだろう。


僕が教皇に抱いた第一印象は、普通の老人、だった。

強者(つわもの)特有の気配というものが一切感じられず、この手をその首に回し、少し力を込めれば容易(たやす)く縊(くび)り殺すことができる。

そう確信できた。

それに間違いはない。

教皇は間違いなく戦闘能力など皆無に等しく、僕の一撃で容易く屠(ほふ)ることができるくらい弱い。

けど、それはあくまでも戦闘能力の話だ。

アリエルさんをして化物と呼ぶ教皇。

僕はその一端を、まざまざと見せつけられた。


「だからこそ、私は積み上げた死体の山が無駄にならぬようにしております」

その言葉が、どれだけ僕を打ちのめしたのかを、きっと教皇は知らないだろう。


僕が教皇に出会ったのは、白さんたちに連れられて聖アレイウス教国を訪れた時のことだった。

大戦が起きる前、本来ならば敵対している魔族の長と、実質人族の長と言っていい神言教の教皇。

その二人が交渉をするために設けられた席に、僕も同席することを許されたのだ。

アリエルさんと教皇は、大戦後にエルフを打倒するために共同戦線を張るということで合意、密約を交わしていたようだ。

それに伴う擦り合わせ、大戦後やエルフ打倒後の方針の話し合い、などなど、腹を割って話し合うというのが会談の目的だった。

アリエルさんはシステム構築前の時代から生き続ける、いわば歴史の生き証人。

対して教皇も、アリエルさんに聞いたところ記憶を受け継いで転生する特殊なスキルを有しているらしい。

生き続けるか転生し続けるかの違いはあれど、アリエルさんと同じく歴史の生き証人だと言える。

そして、歴史を正しく知るのであれば、この世界のシステムのことも知っているということに他ならない。

禁忌が教えてくれたシステムの真実。

それは、かつて人間たちが愚かな行いによってこの星を崩壊寸前にまで追い込み、それを一柱の女神が犠牲になることによって食い止めたというもの。

しかし、あくまでも崩壊を一時的に止めただけで、今なおこの世界は崩壊の危機に瀕(ひん)している。

システムとは、生物が一生のうちに蓄えた経験値、ステータスやスキルに反映される力を、その生物の死後回収し、崩壊しかかった世界の再生に回す、壮大な術のことを言う。

アリエルさんと教皇はこのシステムの真実を知っている。

だからこそ、アリエルさんは魔王として魔族と人族を争わせ、死者を増やすことによってシステムにエネルギーを回収させている。

そして、神言教の教義、「スキルを育てて神の御言葉をより多く聞く」というのは、生きているうちに蓄えるエネルギーを多くしろというものなのだ。

この世界の住民はシステムによってスキルやレベルアップを果たした時、それを告げるアナウンスを聞いて育っている。

それを神の声として崇（あが）めることに違和感を覚えるものは少ない。

そうやって言い聞かせられて育ったのだから。

しかし、他の転生者たちが神言教の教義を聞けば、異世界にはおかしな教義の宗教があるのだなと思うかもしれない。

僕も何も知らずにその教義を知れば、同じような感想を抱いただろう。

あるいは、転生者同士だったら笑い話のタネになったかも。

神言教の教義っておかしいよね、って。

真実を知れば、笑えない。

神言教は、宗教という枠組みを利用して、人族に広く強要しているのだ。

世界の礎になれ、と。

幼い頃から教義を教え込み、刷り込み、自分の意思で神言教の教義に従っていると信じ込ませる。

非常に効率的だ。

どこかおぞましく感じてしまうほどに。

それはきっと、命を消耗品のように扱っているからだろう。

まるで牧場のようだと感じた。

人族という肉を育て、出荷していく。

人族はそんな牧場で自分たちが飼われていることを自覚していないのがまた……。

そんな牧場を作り上げた人物こそが、神言教教皇。

神言教のことを知れば知るほど、教皇の恐ろしさがわかる。

神言教の恐ろしさは、その組織力だ。

人族領のほぼ全域にわたって神言教は影響力を持っている。

例外は女神教を信奉するサリエーラ国くらいのもので、それ以外の国には必ず教会が建てられている。

小さな村にも礼拝堂があり、神言教の根を広げている。

幼い子供は神言教の祝福を受け、その教えを聞きながら育つ。

大人になる頃には立派な神言教徒の出来上がりだ。

そうやって人心を掴み、人族全体を緩く支配している。

だけでなく、各地に散った神言教の教会は、情報の集積地、あるいはその中継地として使われている。

神言教の関係者の多くは念話の上位スキル、遠話を習得しているらしい。

遠話は遠く離れた同じ遠話持ちの人物と念話による会話ができるようになるスキルだ。

それを駆使して遠く離れた地の情報を口伝し、神言教総本山である聖アレイウス教国まで伝言ゲームの要領で伝えている。

リアルタイムとはいかないまでも、遠く離れた地の情報を素早く得られるのだ。

教皇は新鮮な情報がどれだけ大きな価値をもつのかよく理解している。

自動車や航空機がないこの世界では、移動にも時間がかかる。

転移陣や遠話という例外を除けば、情報の伝達には早馬を使うのが最も早いが、それでは遅いことも多い。

教皇は各地に遠話の使い手を置くことによってその情報の伝達の遅れを最小限にしている。

そして得られた情報をもとに情勢を読み、意のままに動かしていくのだ。

それ以外にも、様々な仕組みを作り上げ、神言教という組織を盤石にしている。

特筆すべきは、それらの仕組みに人手は多くいるものの、突出した才能を求めないことだ。

遠話は念話の上位スキルであるものの、念話さえ覚えてしまえば習得はさほど難しくない。

同じように、神言教という組織を回すうえで、求められるスキルというものは一般的なものばかりだ。

誰(だれ)でもその気になれば覚えられる。

それは裏を返せば、誰でもできるということ。

この誰でもできるというのが大きい。

つまり、代わりはいくらでも育てられるということなのだから。

たった一人の傑物に組織の運営を任すのではなく、その他大勢の一般人によって支えられている。

誰でもできるがゆえに欠員が出ても補充は容易で、穴ができることがない。

誰かが欠けても他の誰かが代役を担うことができる。

それは教皇であっても例外ではなく、ダスティンという名を受け継いだ教皇が不在の間も、他の教皇がその役を担っている。

そして、ダスティン不在の期間でも神言教が揺らぐことはなかった。

それはひとえに神言教という組織の基盤が恐ろしいほど強固だからだ。

国家百年の計という言葉があるけれど、神言教はそれ以上の長い時間を見越して、組織を絶対的なものに作り上げている。

教皇は間違いなく突出した傑物だ。

けれど、その自身の力におごらず、人を使って人族を支配している。

まさに人の王。

僕が見てきた傑物の中では異質な存在だ。

アリエルさん、白さん、ソフィアさんやメラゾフィスさんなど、僕が見てきた強者(つわもの)は自身が強いがゆえに、下々に頼るということをしない。

個として完成してしまっているがゆえに、絶対強者であり下々を率いる王として成り立っていなかった。

僕が見てきた中で最も王にふさわしい強者は、今は亡き第一軍団長のアーグナーさんだろう。

アーグナーさんは第一軍だけでなく、魔族全体をよく見て率いていた。

しかし、そのアーグナーさんにしろ、組織の運営は彼の力に頼り切ったワンマンだったと言わざるをえない。

アーグナーさんがいなくなれば成り立たないものだった。

教皇の支配は、そんな一人が欠けたら成り立たない脆いものではない。

教皇は自分の力とその限界を見極め、早い段階から組織づくりに焦点を絞って行動してきたのだろう。

先を見据えるすさまじい慧眼だ。

そして実際に神言教をここまでの大組織にしたのだから、その辣腕も確かなものだ。

と、いうようなことを僕はアリエルさんに教えてもらっていた。

アリエルさんに神言教のあれこれを教えてもらい、僕は教皇という人物のすごさをわかった気でいた。

……実物を見て、わかった気でいただけだと思い知ることになるが。


「勇者は殺す。これは決定事項だ」

「しかしそうなれば魔王であるあなたを人族が抑えることができなくなります。いささか一方的ではありませんか？」

「勇者が私に対抗するためにどれだけのエネルギーを浪費すると思うんだい？　そんなものないほうがどっちのためでもあるでしょ？」

「……なるほど。勇者をただ殺すのではなく、勇者という枠組みそのものをなくすということですね？」

「そういうこと」

「そのメリットとデメリットは？」

アリエルさんと勇者の処遇を語り合う教皇。

聞いた話によれば、その勇者というのは前世の僕の親友、俊の兄だという。

そしてこの教皇は、その勇者をエルフが裏にいる人身売買組織の摘発に使い、実戦経験を積ませると同時に人々の人気も集めさせていた。

魔族との戦争が冷戦状態になっていたため、勇者には目立った活躍の場がなかった。

その穴埋めとして実戦経験を積ませ、目立つ功績として人々に周知しやすく、さらにエルフのたくらみを潰すという、一石三鳥を為し遂げていたのだ。

おかげで勇者ユリウスの人気は高く、人身売買組織相手に実戦経験を積んだことによって、歴代の勇者に劣らないレベルになっていた。

そうやって手塩にかけて育てた勇者を、教皇は利益を提示されただけで、あっさりと切って捨てて見せた。


「ユーゴー・バン・レングザンドを勇者として発表しろと？」

「そう。本物はシュレイン・ザガン・アナレイトのほうね」

「本物を隠す理由は？」

「ユーゴーはうちの白ちゃんの手駒なんだよ。本人にその認識はないだろうけどね。こっちで好き勝手に動かせる人間を勇者として祭り上げておいたほうがやりやすい」

「なるほど。アナレイト王国ではポティマスが何やら不穏な動きを見せておりますが、それも何か関係が？」

「大ありだよ。ポティマスをアナレイト王国から追い出すためにも、アナレイト王国でひと悶着起こさなきゃならない。その時ユーゴーのほうに正義があるように国際社会には訴えなきゃならない」

「それで一番手っ取り早く、なおかつ信用が置けるのが、ユーゴー王子を勇者として発表するということですか」

「理解が早くて助かるよ」

「しかし、嘘が露見した際の神言教の信用失墜は大きくなります。その補填はいかがなさるおつもりですかな？」

「それこそエルフを根絶やしにすればお釣りがくるっしょ？　エルフを潰すのにもユーゴーは使う予定だし、その手柄の半分を協力した神言教が持ってけばいいさ。何か不都合が起きたのならば、それこそユーゴーの力で洗脳されてましたー、って言って逃げればいいさ」

利があるならば本物の勇者を偽ることも辞さない。

ポティマスを打倒するためならば、一国を混乱の坩堝に追い落とすことも。

よく言えば大局を見据えている。

悪く言えば、酷く機械的で、人の命を数字でしか見ていない。

一人を切り捨てて二人以上を救えるのならば、たとえその一人が勇者であっても躊躇いなく切り捨てる。

もちろん、勇者の有用性が救うべき人たちよりも上回るのならば、切り捨てることをとどまるだろう。

けど、それもまた、勇者という個人を見ているわけではなく、勇者という駒の能力を見ているに過ぎない。

私情を排した、人間味を排した、政治の化物。

人族の王であり、人族の絶対的な守護者であり、人族の味方である。

しかし、その本人は行動指針に人間味を排している。

人族の頂点に人間味がないというのは、どういう冗談なのか。

だからだろうか。

僕はつい、尋ねてしまったのだ。

「あなたは人族を守ると言いながら、簡単にその人族を差し出すのですね」

と。

それに対する答えが、

「大を生かすために小を殺すしかないのであれば、私は躊躇いなく小を殺します」

であり、その言葉に鼻白んだソフィアさんが
「守るべき人々を虐殺するなんて、とんだお笑い種ね」

と吐き捨てたのだ。

ソフィアさんは故郷を神言教の一派に滅ぼされ、両親をそのどさくさに紛れてポティマスに殺されたそうだ。

神言教への当たりがきつくなるのも頷ける。

そのソフィアさんの罵倒に対する答えこそが、

「だからこそ、私は積み上げた死体の山が無駄にならぬようにしております」

だった。

その在り方に衝撃を受けた。

己がなしてきたことを誇るでもなく、むしろ、積み上げてきた死体の山に詫びるかのように。

それでも立ち止まらない。

立ち止まってしまえば、積み上げた死体の山を、その死を、無駄にしてしまうから。

もしかしたら、教皇は贖罪をこなしているのかもしれない。

贖罪し、それによって新たな罪を積み上げる、終わりなき贖罪を。

終わりがないのだと、許されることはないのだと、それを知りながら続ける贖罪。

それは、どれほど過酷なことなのだろうか？

ぞっとした。

その時僕は初めて、教皇という人物の底知れなさを実感したのかもしれない。

僕は、自分の生き方を定められずにいた。

ゴブリンに生まれ、その生まれ育ったゴブリンの村を滅ぼされ、仇であるブイリムスに使役されてしまった。

その後、憤怒のスキルを得てブイリムスの使役から脱却し、村の仇をとることはできた。

しかし、その後は憤怒によって半ば理性を失い、目につくものを手当たり次第に殺して回っていた。

白さんたちに出会い、憤怒を封印してもらって理性を取り戻したのは、奇跡と言える。

あのまま理性を取り戻すことなくさまよっていれば、遠くない未来に力尽き、野垂れ死んでいただろう。

僕は幸運にも生きている。

僕が殺した者たちと違って。

幸運にも命を拾ったのだから、生きていくのが義務なのだと思った。

そして、生きていくからには何かを為したいと思った。

けれど、何を為せばいいのか、それは定まっていなかった。

ただ、アリエルさんや白さんたちに追従していただけ。

世界を救おうと、その壮大なことを為そうとしている彼女らの、そのおこぼれにあずかっているだけだった。

自分の犯した罪と向き合わず。

ただ迷いなく自分の為すことを定めている人たちを眩しそうに見ているだけ。

どこか後ろ暗く感じていた。

こんなフラフラした状態の僕が、彼女らの戦列に加わる資格があるのだろうかと。

ずっと悩んでいた。

大義を為す為に人の命を奪うことは、果たして正義と呼べるのか？

アリエルさんや白さんはもう割り切っているのだろう。

でも、僕はそう簡単に割り切れるものではなかった。

前世の頃から僕は曲がったことが嫌いだった。

潔癖なまでに、自分の行いは正しくあれと律していた。

けれど、憤怒に支配されて罪なき人々を虐殺したのは、正しいとは言えない。

そこからもう、僕は自分の生き方を見失っていた。

すでに正しい道から外れてしまった僕。

進むべき道が見つからず、ただ何となく背中の見えているアリエルさんや白さんの後をついていくだけ。

そこに、教皇の言葉は光明となった。

正しくないと知りながら、それを罪と知りながら突き進み、大義を為す。

そんな生き方があるのだと、教皇を見て知った。

それは険しく、苦しい生き方だろう。

でも、それこそが、僕の進むべき生き方だと思えた。

『贖え』

禁忌から聞こえてくる言葉。

ああ、わかった。

贖おう。

贖うために罪を重ね、さらに贖い続けよう。

僕が殺してしまった罪なき人々の死に報いるために。

その死を無駄にしないために。

いや、それすらもエゴだ。

贖罪などとご立派なことを言うのは。

僕は、僕の身勝手のために多くの人々を殺すのだ。
謝罪はしない。
もう振り返りもしない。
積み上げよう。
死体の山を。
そして為そう。
大義を。
それだけが、僕の報いる唯一の方法。

そして、大戦にて僕は第八軍を率い、両軍に多大なる犠牲者を出した。
そして今度は、エルフの里に向けて進軍を開始する。
目的はエルフの根絶。
一つの種を根絶やしにすること。
多くの命が失われるだろう。
「出陣！」
アリエルさんの声にこたえ、前へと進む。
前へ前へ。
僕はもう、立ち止まらない。

5　交通整理したり処刑したりするお仕事

忙しーいー。

わたーしーはー、とーってーもー、忙しーいー。

働きくーもー。

作詞作曲私。

ねえ？　休日はどこ？

土日は？

祝日は？

夏休み冬休み春休みゴールデンウィークはどこ⁉

ここ何日かずっと働き詰めなんですが⁉

魔王軍に労働基準法は適用されないのか⁉

それもこれも教皇が優秀すぎるのが悪い。

ビジネスパートナーが優秀なのは喜ばしいことなはずなのに、優秀すぎてこっちの仕事をせっつかれて困ることになるなんて……。

世の中ままならんなー。

やっぱ他人と関わってもろくなことがない。

すなわち、ボッチこそが完成された理想の生き方と言えよう！

なまじ他人と関わるからこうして仕事を押し付けられ、忙しくなるんだ。
だったら一人で自分のペースで自分のしたいようにやればいいじゃないか！
それで何か失敗しても責任は全部自分だもん。
自分を責めることはあっても他人に責められることなんてない。
自己責任。
良い言葉だー。
何が言いたいんだって？
失敗して教皇に怒られとうないです、はい……。
今まではねー、私が一人で好き勝手動き回ってたわけじゃん？
だから失敗してもそれは私だけの責任だったわけですよ。
でも、今回失敗したら教皇はどう思うか？
教皇から見ればこっちの陣営って魔王がトップなんだよね。
つまり、失敗の責任は魔王に降りかかる。
おおう、胃が痛いぞ。
まあ、だからこそこうしてあくせく働いてるわけなんだけど。
予定していた転移での移動と違って、人族領を進軍する場合、日数がかかる。
転移なら一瞬だからね。
で、日数がかかるということは、その分だけ行動を早めないといけない。
さらに、進軍中の食料の確保とかね。

そこらへんはバルトに頑張ってもらった。

あとは各軍団で準備に奔走してもらう。

じゃあ、私が何をしていたのかと言うと、もちろん私にしかできないもろもろをたーっくさんやってましたとも。

まず帝国のあれこれ。

転移で移動するつもりだったんだから、帝国を通ることは想定してなかった。

なので、帝国には何の根回しもしていない。

夏目くんをこっちの陣営に引っこ抜いていることは教皇に話しているので、教皇も帝国はこっちの管轄だと思っているっぽい。

ていうか、会談で任せるって丸投げされた。

任せないでほしかった……。

夏目くんのスキル、色欲で洗脳を施して操れる人間の数は多くない。

別に数に制限があるってわけじゃないんだけど、いかんせん洗脳を施すまでにかかる手間が大きい。

こう、手を打ち鳴らして「はい！　今からあなたは催眠にかかりました！」って感じでお手軽に洗脳できるわけじゃないんだよね。

時間をかけて何回も重ねがけしていかないといけない。

一回かけただけだとすぐ効力が切れて、正気に戻っちゃう。

しかも、安定して洗脳がかかった状態でも、放置しておくと時間経過で効力が落ちて行っちゃうんだよね。

まあ、何回も重ねがけして洗脳の力が累積してる状態だと、自然に正気に戻るまでかなり長い時間がかかるだろうけど。

治療魔法だとかで無理やり正気に戻そうとするのも、この累積がどれだけあるのかで難易度が変わってくる。

夏目くんの体は私と違って一つしかないわけで、私が転移で連れまわしていろいろな人に洗脳を施すにしても限度がある。

そもそも夏目くんのＭＰにも限りがあるわけだし。

そう、色欲のスキルの発動にはＭＰが必要になる。

その夏目くんのＭＰに限りがあるのだから、洗脳を施す人は厳選しなきゃならなかったわけだね。

一応夏目くんの立場を盤石にするためにも、帝国の主要な人物には洗脳を施してある。

夏目くんの父親の帝国の王様、剣帝とかね。

その他にも有力諸侯とか。

だいたいが文官なんだけどね。

イヤー、帝国の内部ってなかなかに腐敗が進んでてさー。

なかなかのドロドロの政争が繰り広げられてたよ。

文官と武官で対立しててさ、文官は甘い蜜(みつ)をすいまくろうと不正しまくり。

じゃあ武官はと言うと、こっちはこっちで脳筋すぎて文官にいいように言いくるめられて地方に飛ばされたりして力を押さえつけられてる始末。

剣帝さんは何とか武官を取りまとめて、腐敗した文官を抑止したかったっぽいけど、その武官が実力至上主義で文官肌の剣帝を認めないっていう。

結果、剣帝さんは武官を取りまとめるどころか孤立。

武官は武官で剣帝さんから距離をとっているので中央の政治に絡めず。

するとどうなるかと言うと腐敗した文官たちのやりたい放題。

なかなかに面白い状況だった。

剣帝を題材に宮廷ドラマとか映画作れそうな感じ。

まあ、帝国内部はそんな感じだったので、その腐敗した文官連中を抱き込めば万事解決って感じだったんだよね。

中には賄賂(わいろ)渡すだけで、洗脳もしてないのにしっぽ振ってくる人とかもいたし。

イヤ、楽でよかったんだけどさー。

剣帝さん、あなたは泣いていい。

実の息子に洗脳されちゃってるし。

え？　それやらせたの誰(だれ)だって？

私でーす。

腐敗した帝国内部で暗躍する女。

傾国の美女って呼んでくれてもいいのよ？

というわけで帝国の掌握は済んでるんだけど、完璧(かんぺき)ってわけじゃない。

文官は半数以上抱き込んでるけど、武官は放置してたし。

武官のほとんどは魔族領に接する地域か、それに近い地域を領地にしている。

帝国内を通過しようと思うと、どうしてもこの武官の領地を通らざるをえない。

それを何とかしなきゃいけない。

さらに、帝国から次の人族領の国に行くのは転移陣を使う。

さすがに魔族領からエルフの里まで、大陸を徒歩で縦断していくようなことはしない。

帝国は大きい国なので転移陣もいくつかあるんだけど、今は大戦の後とあってこの転移陣も順番待ちがすごい。

大戦に援軍として帝国に派遣されていた各国の軍の帰還だとか、義勇兵扱いで参加していた冒険者の帰還。

さらに、戦時中でそれらの行き来を優先していたせいで止まっていた物流の再開。

転移陣は便利だからこそ、有事である現在稼働率はすごいことになってるわけだね。

そこにさらにエルフの里に向けて夏目くん率いる帝国軍を移動させるために使わなきゃならないんだから、大渋滞中ですよ。

その大渋滞中の転移陣を使わねばならない。

転移陣の予約は埋まってるのに。

私たちはその予約が埋まってる転移陣の列に横入りしなきゃいけないわけだ。

軍規模で。

はっはっはー。調整が必要なやつー！

というわけで、第十軍も駆り出して帝国内のあれこれの問題を片づけていた。

どうやって片づけたのかは、まあ、世の中には知らないほうが幸せなことってあるんだよと言っておく。

とある武官一家が謎の失踪をとげたりとか、ね。

こっちも世界の命運がかかってるわけだし、手段は選んでられんってことですよ。

時間もなかったし……。

ていうのも、帝国にばっかかまってるわけにもいかないからね。

だってアナレイト王国の仕上げもまだ終わってないわけだし。

そもそもの予定では私はそっちに専念するはずだったんだ。

それが急に湧いて出てきた案件によってリソースをそっちにも割かないといけなくなったわけで。

つまりは二正面作戦を余儀なくされちゃったわけだよ。

忙しいに決まってるだろ!


というわけでやってきましたアナレイト王国。

つい先日反乱騒ぎがあった王城。

時刻は夜。

人々が寝静まる時間帯。

それにしたって今の王城は静かすぎると思うけどね。

何と言ってもこのだだっ広い王城、現在は数えるほどしか人がいません。

おかげで痛いほどの静寂があたりを包み込んでいる。

今日この後、もうちょっとしたら山田くんたちがこの王城に突入してくるはずだ。

反乱騒ぎの時に捕獲しておいたこの国の第三王子レストンと、大島くんの両親である公爵夫妻の処刑を発表したからだ。

山田くんや大島くんの性格から言って、救出に乗り出すのは目に見えている。

ていうか、山田くんたちを監視している分体が、すでに隠れ家を出立したのを確認している。

山田くんたちを出迎えるために、この王城をほぼ空にしているのだ。

なんでそんなめんどくさいことをしているのかと言うと、まあ、実験、かな。

正直に言うとこの実験はしなくてもいいっちゃいい類のものなんだよなー。

ただ、やっておいたほうがポティマスと戦う時、ていうかポティマスをぶっ殺す時の保険になる。

この実験が成功すれば取れる選択肢が増える。

まあ、成功してもその選択はあんましたくない類のものなんだけど。

ホントに最後の手段的なもの、かな。

んー、むー、まあ、一番の理由は実験なわけだけど、他にもいろいろとちっちゃい理由が重なってて、やるかやらないかで言えばやったほうが断然いいんだよなー。

たとえば山田くんたちを拘束する期間が長くなるだとか。

けど、このくっそ忙しい時期に強行しなきゃならなかったかと言えば、そうでもないような気が？

……なんか強迫観念的に、「予定してた計画は全部やらねば！」って思ってたけど、いくつか重要度の低いものは延期したり中止したりすればよかったのでは？

……イヤ、でも！　そう！

計画にあったということはやったほうがいいわけで！

延期したり中止したりしたらその後の予定もまた変更されちゃうわけで！

つまり何が言いたいのかと言うとやっぱやったほうがいいんだよ！　うん！

そうに違いない。

一人納得してうんうん頷いていると、空間感知に反応が。

おや？　誰か転移してこようとしてる？

このタイミングで転移してくるってことは、ギュリギュリか？

と、一瞬思ったけど、すぐに撤回。

転移の際の構築がギュリギュリのものとは練度が違う。

一言で言えば雑。

ていうかギュリギュリだったらこっちが感知した次の瞬間には転移してきてる。

発動までにこんだけ時間がかかってる時点でギュリギュリじゃない。

イヤ、普通に考えれば相当構築は整ってるんだけど、正真正銘の神であるギュリギュリと比べたら、そりゃ比べる相手が悪すぎるってもんだ。

ていうか、空間魔法使えるだけでも相当この世界じゃ手練れの部類って言える。

私とギュリギュリが例外なだけで、空間魔法ってそんなバンバン使えるものじゃないし。

あの魔王ですら空間魔法は中途半端にしか使えないんだよ？

と、まだ見ぬ術者をなぜか擁護しつつ、さて誰が転移してくるんじゃ？　と構える。

やってきたのは爺だった。

あー、やっぱこの人かー。

この爺には見覚えがある。

ていうか割とちょくちょく見る顔だ。

この爺、ロナントとかいう名前らしい。

まあ、名前はどうでもいいとして、この爺は帝国の筆頭宮廷魔導士だ。

帝国の中で間違いなく最強。

帝国どころか魔法の腕前って意味じゃ、人族最強だと思う。

さらに言えば勇者ユリウスの魔法の師匠で、それもあってかなり顔が広い。

私も人族側の要注意人物としてマークしていた。

なんせ空間魔法の権威と言ってもいい人物で、私が知ってる中じゃ一番スキルレベルが高い人族だからね。

誰かが転移してくるって段階で一番の候補だった。

問題は、そんな爺がどうしてこのタイミングでここに現れたのかってことだ。

この爺には夏目くん率いる帝国軍について行ってもらっていたはずだ。

この爺は夏目くんよりも強いから洗脳することなんてできなかったわけだけど、その戦力を無駄にするのももったいないということで、普通に命令して従軍させている。

帝国のトップの剣帝を押さえてるからできることやね。

で、その帝国軍は今頃エルフの里に向けて進軍中なはずなんだよ。

そこにいるはずの爺がどうしてここにいるんでしょうねえ？

んー、まあ、普通に考えれば山田くんたちの手助けに来たって感じかな？

山田くんと直接の面識はないはずだけど、弟子の弟なわけだし。

一応、山田くんに同行しているハイリンスとは面識もある。

……んだけど、わざわざ転移で駆け付けるようなことか？

なーんか腑に落ちないな。

まあ、今さら爺が一人増えたところで、やることに変わりはないし問題ないんだけど。

そもそも今回の実験では山田くん一人いれば事足りるしねー。

ぶっちゃけ戦力がどうのって話じゃないし。

だってこの王城今空っぽに近いんだもん。

戦闘は起こらない。

だから爺が合流しようと変わらない。

むしろ爺ご足労いただいて大変申し訳ないんですが、やることないよ？

爺は王城の城壁の上に佇んでいた。

私は見つからないよう細心の注意を払い、気配を隠しながら爺を観察する。

爺も王城の中の気配を探っているらしく、その場を動かない。

訝し気に眉根を寄せてる。

まあね。今この王城人がほとんどいないからね。

やってやるぞー、って意気込んできたのに敵がいなきゃ、そりゃそんな反応にもなるわ。

「ま、ええか」

いいんかーい！

爺がぼそっと呟いた独り言に心の中でツッコミを入れる。

もっと考えようよ！

王城がもぬけの空とか明らかにおかしいだろ⁉

それを「ま、ええか」の一言で済ませるなよ⁉

もっとなんかこうさぁ、筆頭宮廷魔導士っていう肩書にふさわしい貫禄っていうかさぁ、なんかあるじゃん！

爺は城内のことに興味を失ったのか、城外の空を眺め始めてしまった。

ははーん。さてはこいつ、マイペースだな！

いるよねー。

こういう独特な自分のペースで生きてるやつ。

たいていそういうやつって協調性とか欠けてて集団行動ができないんだよ。

まったく。少しは私みたいに和を重んじてほしいもんだわ。

で？　この爺は山田くんたちの到着を待ってるのかな？

山田くんたちと合流して改めて城内に突入するつもりなのかも。

こんなマイペースな爺が、果たして山田くんたちと協調できるのか疑問だね。

絶対仲間割れすると思う。

ほら、言ってるそばから山田くんたちに向けて魔法を撃って……はい？

ん？　んん？

何してんのあの爺？

山田くんたちに向けて、魔法を、え？

ええー？

ないわー。

どうしてそうなるの？

なぜか爺が上空を飛んでる山田くん一行に向けて魔法を連打している件について。

山田くんたちは竜になった漆原さんに乗って、空を飛んできている。

その山田くん一行に向けて放たれる光線。

かなり上空を飛んでる漆原さんだけど、光線の狙(ねら)いは正確。

漆原さんは右に左に激しく動いて避けている。

筆頭宮廷魔導士っていう肩書にふさわしい、なかなか見事な射撃の腕前だね。

って、感心してる場合じゃないか？

なんで爺が山田くんたちを攻撃してるのか知らんけど、このままだと山田くんたちが撤退しちゃうかも。

山田くんたちは押されてるし。

一応、距離を詰めようとしてるけど、距離が縮まるってことは、魔法の発射地点である爺に近づくってことで、近づくってことは距離による減衰がなくなって魔法の威力が強くなるってことで。

さらに言えば魔法が到達するまでの時間も短くなる。

つまり避けにくくなるし、当たった時のダメージもでかくなる。

近距離なら銃よりもナイフのほうが速いとか言うどっかの漫画の主人公もいるけど、それってイコールで近距離だと銃は弱い、ってことにはならんのだよね。

ゼロ距離射撃とかいう言葉もあるわけだし。

熟練の魔法使い相手だと、近づかなきゃ勝負にならないわけだけど、近づいても勝負ができるかどうかはわからない。

山田くんたちは爺に近づけるかな?

っていうか近づいて勝ってもらわないとこっちが困る!

爺の杖(つえ)から光線が放たれ、それを漆原さんが前進しつつ避ける。

が、やっぱりというか途中で避けるのが限界に達したのか、光線が漆原さんの背に乗った山田くんの頬(ほお)をかすめる。

山田くんも結界を張って防御してたっぽいけど、それでも威力を殺しきれなかったようで、その頬から血が滴る。

それで逆に意を決したのか、漆原さんがまっすぐに前進を開始。

回避を完全に捨てて、まっすぐ爺に向かって突っ込んでいく。

そんなことをすればいい的だ。

案の定、爺は漆原さんに向けて光線を放つ。

その光線を、山田くんが出した魔法の光の盾が弾いた。

このまま防ぎながら距離を縮めるつもりか。

光線が放たれ、それを山田くんが弾くという攻防が何度か繰り返される。

そして、爺との距離が十分縮まったところで、山田くんが漆原さんの背から飛び降り、そのまま爺に切りかかる！

おおう。アクション映画さながらやね。

が、残念ながら爺のほうが上手だった。

山田くんの剣が空を切る。

山田くん視点では何が起きたのかわからなかっただろうけど、第三者視点から観察している私にはその瞬間がはっきりとよく見えた。

短距離転移だ。

爺は短距離転移を発動し、山田くんの横手に回り込んでいた。

「ふむ。まあ、合格点をやってもいいな」

爺が偉そうにそんなことを言った。

次の瞬間、山田くんに向けて放たれる魔法の弾幕。

これは、低レベルの魔法を高速で連打してるんだな。

魔法はスキルレベルが上がってから覚える魔法ほど威力などが増すけど、その反面発動までにかかる時間が長くなる。

それを、あえて威力の弱い低レベルの魔法を連打することによって、魔法の弾幕を作り出してる。

この爺、人族にしてはやるなあ。

山田くんはその弾幕を、剣とさっきまで使ってた魔法の光の盾で弾いている。

が、防御だけで精一杯って感じ。

反撃はできそうにない、どころか、徐々に押されてる。

「おおお！」

その状況を動かしたのは、漆原さんの背から飛び降りたハイリンスだった。

爺の脳天に向けて落下しながら剣を振り下ろす。

爺はさっき山田くんにしたのと同じように、短距離転移で逃れる。

山田くんの後ろに転移する爺。

山田くんと、着地したハイリンスが構えなおす。

仕切り直しやね。

ただ、爺の上空には漆原さんと、その背に乗せた大島くんがいつでも攻撃できるように身構えている。

一対四。

さすがの爺もこの数を相手にするのは難しい。

爺本人もそれがわかっているようだ。

「あーあー。こりゃ勝てんのう。やめじゃやめ。ちゅうわけで撤退じゃ」

なんて言いながら、転移で逃げて行った。

今度は短距離転移ではなく、ちゃんとした転移で。

ハイリンスの攻撃を短距離転移で避けた直後から、すでに転移の術を構築し始めてたからね。

その時点から勝ち目がないってわかってたんでしょ。

……で？

あの爺結局何しに来てたの？

謎の爺襲撃事件はあったけど、山田くんたちは本来の目的、処刑されそうな人たちの救出に乗り出した。

山田くんたちにとっても爺の襲撃は予想外なことだったろうけど、私にとっても予想外だった。

ホントに何だったんや、あいつ……。

人気(ひとけ)のない王城の中を探索していく山田くん一行。

罠(わな)を疑っているのか、その足取りは慎重だ。

けど、別に罠とかないんだよなー、これが。

というわけで、なんの苦も無く玉座の間にたどり着く。

そこで山田くんたちを待ち受けていたのは、玉座に座るこの国の第一王子サイリス。

そして、その前に並べられた処刑すると宣言されていた第三王子レストンと公爵夫妻、ついでにクレベアとかいうおばさん。

クレベアとかいうおばさんは元山田くん付きのメイド。

メイドと言うにはガタイが良すぎるおばさんなんだけど、元は女性兵士だったらしい。

反乱騒ぎの時にレストンと一緒に捕まえたので、ついでだからここに並べておいた。

その並べた四人の背後に佇む処刑人たち。

その処刑人たちが、山田くんたちが間に合わないタイミングで剣を振り下ろし、第三王子たちの首を落とす。

そこに山田くんが急いで駆け寄り、とあるスキルを発動させた。

死者蘇生スキル、慈悲。

私がこっそりと見守る中、第三王子たちの蘇生が完了した。

あっさりしたもんだわ。

人の生き死にだっていうのに。

神の力は生死すら操ってみせる。

Dの途方もない力の一端を見せつけられているようで、なんだか落ち着かない。

私も死者蘇生ができないわけじゃない。

ただ、それはシステムというものが存在するこの世界限定の話。

もともと生死の概念が他の世界とは異なるこの世界だからこそ行使できる、限定的な力。

システムのない世界で死者の蘇生なんて、私には逆立ちしたってできっこない。

それを、Dは一から作り上げてしまっている。

神になる前からその力の上限が見通せなかったけど、神になってからも底が見通せない。

素直に恐ろしい。

そんな奇跡の業だというのに、山田くんはわずかな代償でそれを行使している。

それがどれだけ破格のことなのか理解していない。

高々禁忌のレベルが上がる程度の代償で済む御業じゃないというのに。

そもそもそんな簡単にポンポン生き返ることができるんだったら、私もそこまで生に執着しないって。

うーん。

山田くんのＭＰが足りなくても困るから四人に抑えたけど、もうちょい人数増やしてもよかったかな？

どうも様子を見るに、山田くん禁忌カンストしてないっぽいし。

まあ、それでも禁忌のレベルは四つ上がってるだろうし、無駄ってわけじゃない。

それに、山田くんの禁忌カンストはおまけみたいなもん。

というか、今回のこれ自体がおまけみたいなもんだし。

失敗してもそこまで気にするもんじゃない。

実験は果たせたしね。

蘇生された第三王子の魂を観察する。

うん。

ポティマスの魂は剥がれてる。

一回死ねばポティマスを引き剥がすことができるとわかっただけでも十分。

今回の実験の目的は、ポティマスに寄生された人物を一度殺して蘇生させたらどうなるのか？

その結果を調べること。

システムの設計上、死んだ人間の魂にスキルの影響が残ることはないって予想してたわけだけど、それが証明されたわけだ。

まあ、つまり何が言いたいのかと言うと、一回ぶっ殺して蘇生させれば、ポティマスの支配から脱却させることができる。

かなり強引な手段だけど、これで何かあった時、先生をポティマスの魔の手から救出する手段が一個確保できたわけだ。

……そのためには先生を一回殺さないといけないわけで、できれば取りたくない手段なんだけどね。

それに、今回の実験に使ったのはエルフじゃなくて人族。

人族はポティマスの眷属支配の範疇外なはずで、寄生するのにも結構無茶をしてたんじゃないかって予想できる。

そうなると、人族は一回ぶっ殺せばOKだったとしても、エルフはやっぱダメだった、ってパターンもありえる。

やっぱり最後の手段だと思っておいたほうがいいかな。

目的も果たしたし、後は山田くんたちが無事に脱出するのを見送るだけ。

「シュン、念のため転移陣の確認だけしてきてくれ。まず破壊されていて起動はできないだろうが。俺はここでレストンたちの容態を見ている」

「わかりました」

どうやら山田くんたちは転移陣の確認をしに行くらしい。

転移陣はこの世界では重要な移動手段の一つ。

大陸を一瞬で渡れるんだから、そりゃ便利だよね。

転移陣使わないで大陸を渡ろうと思ったら、あの水龍だらけの海を越えるか、エルロー大迷宮を抜けるかしか手段がない。

海はムリゲーだから実質エルロー大迷宮しかないわな。

山田くんたちは転移陣の確認に向かう。

もちろん転移陣は夏目くんの手ですでに破壊済み。

そう簡単に大陸を渡らせるようなことはしない。

まあ、あいつがそんなことを言い出したのは、言う通り念のためと、少しだけ自由に動きたかったからかな。

私のいる部屋の扉が開く。

ノックもなしとは、礼儀がなってないなぁ。

「ずいぶんと趣味の悪いことをする」

しかも入ってきて第一声がこれ。

おこなの?

おこなんだな。

その証拠に、私が座っている席の対面の椅子にドッカリと腰を落とす様子は、無造作で乱暴。

「ユリウスの師であるロナント様を、ユリウスの弟であるシュンと戦わせる。演出としては劇的だが、やられたほうの身にもなれ。ロナント様がどんな気持ちで撤退を選んだのか、貴様にはわからないのか?」

イヤ、そうは言われてもねえ。

あの爺勝手にここに来ただけだし。

私知らんし。関係ないし。冤罪だし。

抗議は受け付けないという意思表示のために、無視してお茶を飲む。

「人の所業とは思えんな」

あ、さーせん。

今も昔も私人じゃないんで。

けど、そんな悪鬼羅刹のごとく言われるとこっちも気分はよくない。

勘違いでこうもあーだこーだ言われちゃ、こっちだってイラッとする。

「そういう黒は神らしくない」

だから言い返してやった。


私の対面に座る、ハイリンスとかいう名前の黒ことギュリギュリの分体に対して。


「そうだな。それは私自身思うところだ。なりたてであるというのに貴様のほうがよっぽど神らしい」

ギュリギュリはそう言って深々と溜息を吐いた。

「わかってはいるのだ。私がこの件で何を言ってもそれはただの八つ当たりでしかないと。お前たちの進む道が最善だと理解している。だが、それでも、それでも、この感情は抑えがたい」

嘆く。

まあ、幼馴染として接してきた先代勇者のユリウスを見殺しにしなきゃいけなくて、その上その弟がいろいろと辛い目にあってるのを見れば、忸怩たる思いがするでしょうね。

ま、私の知ったことではないな。

世界の管理の傍ら、勇者と一緒に正義の味方ごっこをして遊んでたやつの言うことなんか知らん知らん。

「蘇生による乖離を確認」

だから、そんなギュリギュリの感情は無視して実務的な報告を済ます。

「そうか。乖離できなければまた始末しなければならなかったが、僥倖だった」

心の底からの安堵の表情。

ハイリンスとして第三王子とも少なからず交流があるからね。

できれば生かしたいという気持ちがあったはず。

私も無駄な殺生をしたいわけじゃないし、そっちのほうが助かる。

「これならば、あの王の蘇生もさせておくべきだったかもしれん」

けど、続く言葉には賛同できない。

それは助けられる人間は全員助けたかったという言葉と同義。

そんなこと、できもしないくせに。

「わかっている。肩を持ちすぎだと言いたいのだろう？　私は貴様らに託した。だからそのやり方に口を出す気はない」

「ならいい」

さっき思いっきり文句言ってきてたけどな！

忘れてやるよ。

優しい私に感謝するがいい。

「次は、エルフの里か」

ですです。

現在移動中でっす。

「貴様らのことだ。心配はしていない。だが、奴も伊達に長く生きてきたわけじゃない。油断はしないことだ」

忠告痛み入るってか。

そんな事百も承知。

こちとら準備万端で挑むんだから、負けるなんてことは万に一つもない。

被害が大きいか小さいかの違いだけ。

こっちも腹くくって全力でやるっちゅーの。

ていうか、失敗すると教皇が怖いんだよ。

「そろそろシュンたちが戻ってくる。これで失礼する」

そう言ってギュリギュリは部屋を後にしていった。

あの男が山田くんたちを守っている限り、不測の事態はあり得ない。

だからこそ、私は安心していられる。

山田くんたちが死ぬようなことは絶対にない。

あってもあの男が本気を出せば私と同じように蘇生させることもできる。

ハイリンスという男はギュリギュリの分体。

より正確に言うなら、死産した王国の貴族の息子の体に魂の一部を移植した存在。

魂は神のそれだけど、体はまんま人間なので、成長するしステータスも反映される。

まあ、魂経由でギュリギュリの力の一端を使うことはできるから、本気を出せばそれこそ神としての力を使える。

体はもともとギュリギュリとは縁もゆかりもない人間のものなので、見た目は似ても似つかない。

ギュリギュリは時々こういう分体を生み出して、人間社会に紛れて活動していたらしい。

その目的は、知らん。

たぶん暇つぶしだとか、人の世界に紛れて感傷に浸るとか、そういうなんか実務的な理由とは程遠いものだと思う。

だって、世界の管理に必要ないことだもん。

だから遊び。

ただ、遊びだとしても情は移る。

勇者ユリウスとは親友で、苦楽を共にしてきた。

そのユリウスを私は殺した。

ギュリギュリとしては複雑な心境だろう。

たとえそれがどうしても必要なことだと頭でわかっていても。

だからかな。

あんなに山田くんのことを気にかけるのは。

贖罪のつもりなんかね。

兄を見殺しにしてしまったことに対しての。

さっきみたいにちょっとしたことで私に文句言いに来るくらい過保護になるのも、そのせいか。

しかし、人の気持ちねえ。

あの爺、弟子の弟だからわざわざ「勝てない」宣言して撤退したのか。

あの爺にもそういう感傷みたいなもんがあったのか。

なるほどなー。

……イヤイヤ、やっぱおかしくない？

なんで勝手にやってきて勝手に山田くんに喧嘩売ったやつが、勝手に感傷感じて撤退するの？

おかしいやろ。

……マジで何しに来たんだあの爺。

やっぱ人の気持ちってよくわからないわー。

Ronandt Orzoy

ロナント・オロゾイ

本名ロナント・オロゾイ。レングザンド帝国筆頭宮廷魔導士。剣技の先代剣帝と並び、魔法のロナントと評される人族最強の魔法使い。希少な空間魔法の使い手でもある。

迷宮の悪夢に圧倒的な力の差を見せつけられ、自身の限界を悟ってからは弟子の育成に力を入れ、多くの有力な魔法使いを輩出した。勇者ユリウスはそんな弟子の第一号である。ユーゴーの命令でエルフ討伐軍に加えられ、そのユーゴーの傍らに得体の知れない少女、ソフィアがいたことで、きな臭いものを感じている。

幕間　教皇と管理者の宅飲み

夜も更けたころ、執務を終え、私室へと向かう。

一日中座って執務にあたっていたため、体のいたるところが固まってしまっている。

肩こり腰痛、それらは治療魔法で一時的に症状を緩和できるものの、完治する見込みはない。

私ももう年だ。

おそらくこの痛みとは死ぬまで付き合っていくことになろう。

今までの生でもそうだった。

ふと、これまでの繰り返される生を思い出す。

それらに思いをはせると、昨日のことのようにさまざまな思い出がよみがえってくる。

あの時はうまくいった。

逆にあの時は失敗した。

いささか感傷的になっているのは、これまでの生の中で今が最も激動の時代を迎えているゆえか。

終わりが近づいていることをひしひしと感じる。

その終わりが私の求めるものなのか否か、それはわからないが……。

私室に入り、保管していた酒瓶を手に取る。

久しく酒など飲んでいなかったが、今日は飲みたい気分だった。

「グラスは二つ用意してくれるか？」

突如後ろからかけられた声。

驚き振り向けば、優雅にソファに腰かけた黒龍様の姿があった。

「……いらっしゃるのでしたら、せめて扉をノックして入ってきていただきたいものですな。老体の心臓には堪えます」

「お前の鋼の心臓がこの程度で止まるわけあるまい」

こちらの抗議などどこ吹く風と受け流し、黒龍様は笑ってみせる。

いつも眉間(みけん)にしわを寄せ、苦渋に満ちた表情をしているこの方にしては珍しい態度だ。

言われた通りグラスを二つ用意し、黒龍様の向かいに腰掛ける。

酒をそれぞれのグラスに注ぐ。

どちらからともなく無言でグラスを合わせる。

グラスのぶつかる澄んだ音が響く。

酒を少しだけ口に流し込めば、芳醇(ほうじゅん)な香りが鼻孔を突き抜ける。

「いい酒だ」

「秘蔵のとっておきです」

いつかいいことがあった時にでも飲もうと、何代か前から保存していたとっておきの酒だ。

まだいいことが起きたわけではないが、開けてしまっても構わないだろうと思った。

おそらく、この機会を逃せば開ける暇もなくなるだろうという予感があった。

しばし、酒の味を堪能する。

その間、私も黒龍様も無言で、ちびちびと飲み進めた。

一杯目が空になったころ、席を立ち、軽いつまみを用意する。

なるべく酒の味を台無しにしないような、味の薄いものを用意した。

酒のつまみと言えば味の濃いものが好まれるが、かまわないだろう。

神である黒龍様にとって食事とはさほど意味のある行為ではない。

そもそも人の形態をとってはいるものの、味覚が人と同じとは限らないのだ。

ならば、こちらの好きなものをいただいてもかまうまい。

そもそも今宵は招いてすらいないのだからなおさら。

そう自己弁護し、好物のチーズを使ったつまみをテーブルの上に置いた。

黒龍様は気にした様子もなく、そのつまみに手を伸ばし、咀嚼する。

「ほう」

どうやら気に入ったらしい。

一口食べ、すぐに二口目に移る。

「さすが教皇だけあって、いいものを食っている」

どうやら黒龍様は人の食事の良し悪しもわかるようだ。

長年の付き合いになるが、そんなことも知らなかったのだと、私はその時になって初めて自覚した。

思えば、この方とは事務的な用件だけで、私的なことは一切語り合ってこなかった。

する必要もなかった。

私にとってこの方は敵とは言わないが、味方でもなかった。

それは黒龍様から見てもそうであっただろう。

共通してこの世界を救う方向で動いてはいても、最終的に救いたいものが違う。

私は人族。

黒龍様は女神様。

世界を救うのは、その救いたいものが救われるにはそれが大前提となるからに他ならない。

つまり世界を救うのは過程に過ぎないのだ。

ならばその過程を経た結果、思い描くそれが私と黒龍様とで異なっていたとしても不思議はない。

その差異があるからこそ、私と黒龍様はどうしても完全な味方と言い切れなかったのだ。

そもそも、始まりからして、黒龍様は私を恨む権利がある。

そう、人族のために女神様を切り捨てた、私のことを恨む権利が。

その負い目があるからこそ、私は黒龍様を頼ることはしなかったし、黒龍様も私と共同戦線を張ろうとは思わなかったことだろう。

事実、こうしてお互いの私的な嗜好を知らないのだから、如何に私たちが表面的な付き合いしかしてこなかったのかがわかろうというもの。

「私はチーズが好きでしてね」

「そうなのか」

これが穏やかにこの方と話し合う最後の機会になるかもしれない。

だからだろうか、私は自然と自分のことを話し始めていた。

「この形になるまでにずいぶん苦労しましたよ。システム稼働直後は細菌にまで影響が出ていたのか、それまでの製法ではチーズが作れなくなってしまいましたからなあ」

「そうだったのか」

黒龍様でもそんな些細なことは知らなかったようで、驚いた顔をなさっている。

「数代ほどはチーズが食べられずに、寂しい思いをしたものです」

「……そういえば、酒もいくらか駄目になっていたな」

「ええ。すでに作られていたものは無事でしたが、新しく作ることはできなくなっていましたな」

「そのせいで酒の奪い合いもあったな。懐かしい話だ」

本当に懐かしい話だ。

記録のスキルがなければ憶えていられなかっただろう、大昔の話。

あの頃はシステムによって世界が改変され、混迷を極める中で私もその渦中で溺れぬように喘いでいたものだ。

今だからこそもっとうまくやれたのではないかと振り返るが、当時の私には目の前のことに対処するだけで精いっぱいであり、広い視野を持つ余裕などなかった。

おかげでその間隙をつくようにエルフの台頭を許してしまったのは、今なお残る負の遺産だと悔恨している。

ポティマスは、認めがたいが天才だ。

システム稼働直後の混乱期において、誰よりも先を見据え、自身の手駒であるエルフという種をするりと人族たちに紛れ込ませ、認知させた。

エルフは人族の味方であると。

当時は私でさえ、その出どころ不明の謎の種族のことを、味方だと認識していたのだから。

出現した魔物を倒し、暴徒と化した民衆を鎮圧し、人に寄り添って人を助けた。

魔物同様、突然現れたことから、私は彼らのことをシステムの創造主による、一種のお助けキャラのようなものだと認識していた。

彼らのことをお助けキャラだと表現した、当時のゲーム好きだった秘書のことを思い出す。

「私たちが神にした仕打ちは到底許されるものではないというのに、それでも神は我らを見捨てないでくださるのか」

そう言って涙ぐんでいた。

エルフのことを神の使いだと信じ、敬っていた。

そのエルフがあのポティマスの手先だったのだと知ったら、彼はどんな顔をしただろうか？

悪辣(あくらつ)なのだ。あのポティマスという男は。

平気で人の心を踏みにじることをする。

そこまで考えて、私は自嘲(じちょう)した。

平気で人の心を踏みにじるような政策を、私もとっているではないか。

ポティマスも私も、そういう意味では変わらない。

「……お互い、あの頃は若かったな」

物思いにふける私に、黒龍様が語り掛ける。

昔を懐かしむようにも、過去を悔いるようにも感じられる声音で。

「そうですな。若気の至りと言うにはあまりにも大きな過ちを犯してしまいました」

するりと、そんなことを言ってしまった。

自分で言っておいて、己の言葉に驚かされる。

胸に秘めてはいても、口には決して出したことのないことを、はずみで言ってしまうとは。

「……後悔しているのか？」

黒龍様が探るように問いかけてくる。

いくばくか考え、私はずっとこの胸に秘めていた思いを告白した。

「していますとも。ずっとずっと」

後悔していた。

あの時の選択が間違っていたことなど、わかりきっていた。

しかし、私は選んでしまったのだ。

人族のために、女神様を生贄に捧げることを。

そして、その選択をしたからには、私はそれを完遂する義務があるのだ。

たとえそれが誤った選択だったのだとわかったとしても、選んだからには私には人族を救わねばならぬという義務がある。

他の何を犠牲にしてでも。

女神様を犠牲にしたからには、私にはそれ以外の道が残されていないのだ。

でなければ釣り合わない。

女神様を犠牲にしてでも為し遂げようとしたことが、道半ばで途切れることなどあってはならない。

「何度も考えてしまうのですよ。あの時、違う選択をしていたらどうなっていただろうかと」

フッと、自嘲気味に笑う。

どんなに考えたところで過去は変わらない。

しょせんは妄想。

それでも考えてしまうのだ。

黒龍様やアリエル様と協力して、手を取り合って苦難に立ち向かう。

そんな、どうしようもなく都合のいい道もあったのではないかと。

「ですが、考えても仕方のないことです」

「そう言ってくれるな」

自らの浅ましい妄想を断ち切るように言った言葉は、しかし黒龍様によって否定された。

「私もな、同じだよ」

そう言って、黒龍様は薄く微笑みながらグラスを傾ける。

「何度も考えている。あの時もっとうまくやれなかったのか？　もっと別の方法があったのではないか？　とな」

ああ、そうか。

この方もまた、後悔していたのだな。

「だが、いくら考えたところで答えは出ない。お前もそうなのではないか？」

答えの代わりに黙ったまま苦笑を浮かべる。

図星だった。

いくら考えても答えは出ない。

しかし、同時に考え抜いた末に、もしかしたら現状のほうがよかったのではないか？　という考えもまたあったのだ。

現状のほうがいいなどと、黒龍様には決して言えたものではないが。

なぜそう思うのか。

万事がうまくいっていれば、おそらく私はここまでできなかっただろうからだ。

あの強すぎる後悔があるからこそ、私は己を律し、ここまでやってこられた。

それがなければ、早々に折れてしまっていたことだろう。

そうなれば、ポティマスの台頭を今以上に許していたはずだ。

これでもポティマスに対する防波堤になってきたという自負がある。

私が折れて使い物にならなくなっていれば、ポティマスはもっと好き勝手にしていただろう。

あの慎重で臆病（おくびょう）な男のことだ。

私がおらずとも黒龍様を恐れて大それたことはできないだろうが、それでも私がいるのといないのとでは大きく変わる。

黒龍様に気づかれぬようにひっそりと、毒を流し込むようにその手を伸ばしていっただろう。

あれはそうやってコソコソと動き回るのが得意だ。

水面下での攻防を繰り返してきた私だからこそ断言できる。

そういう意味では、ここ最近のポティマスの動きは奴（やつ）らしくない。

あまりにも動きが大きすぎる。

転生者という異物によって、否が応にも世界に動きが出たことは確かだ。

しかし、それにしてもポティマスの動きはいささか大きすぎる気がする。

これまで転生者の存在に触発された結果だと思っていたが、果たして病的なまでに慎重なあの男が、それだけでここまで大それたことをするだろうか？

しかも、動いた先でことごとくアリエル様方に妨害され、しくじっているらしくない。

あの男はやられたらやり返すという、少々子供じみた癇癪(かんしゃく)の持ち主だが、それにしてもここ最近の動きは稚拙にすぎる。

それも作戦の一環なのかと疑うが、それにしては奴の受けている被害は大きい。

まるで何かに焦っているかのようだ……。

その原因まではわからないが、おかげで事態はこちらの有利に進んでいる。

喜ぶべきことなのだろう。

ようやくあの男の首級に王手をかけられるのかと思えば、喜びと一抹の寂しさ、そして何よりも、ようやく終わるのかという虚脱感が襲い掛かる。

大はしゃぎして喜ぶべき場面なのかもしれないが、いささか私は老いすぎた。

肉体ではなく、精神が。

あまりにも長い時間戦い続けてしまったがために、達成感よりも寂寥(せきりょう)感のほうが強い。

「……ポティマスも、いよいよ終わりですな」

「そうだな」

黒龍様も感慨深げにグラスの中身を飲み干す。

「しかし、お前のその話が飛ぶ癖は治らんな」

黒龍様のグラスに新たに酒を注いでいると、苦笑気味にそう言われた。

言われてから、どうやら私は会話の内容が飛んでいたらしいことを悟る。

「またやらかしてしまいましたかな？」

「お前の頭の中では繋（つな）がっているのだろうがな」

「……気を付けているつもりなのですが。この悪癖だけは何度生まれ変わっても治りませんでしたなぁ」

どうにも私は考えだすと周囲のことを忘れて没頭してしまう悪癖がある。

そして考え付くままに口を開くため、聞いている側（がわ）からは話が飛んだように感じられるらしい。

黒龍様の言うように私の頭の中では繋がっているのだが、それが伝わっていなければ、唐突に私が話題を変えたように聞こえることだろう。

「かといって、お前が考えていることをすべて口にしていたら、時間がいくらあっても足りないだろうな」

「そうですな。時間の前に、私の喉（のど）がもたなそうです。ああ、いえ。その前に舌を噛（か）んでしまいそうですな」

「たしかに」

私は思考加速のスキルを常に使っているため、短時間でも考えているることは膨大な量になる。

それをすべて口に出そうと思えば、恐ろしいほどの早口になるだろう。

おそらく口が回らずに舌を噛んでしまう。

その己の間抜けな様子を想像し、思わず小さく吹き出してしまった。

「教皇の威厳が台無しだな」

「まったくです。やはり私は多少周囲に不便をかけても、みだりに口を開かぬほうがよさそうです」

そう言って二人して小さく笑いあう。

不思議な気分だった。

黒龍様とこのように軽口をたたきあうなど。

「して。此度はどういった用件で？」

しかし、いつまでもこの穏やかな空気に浸っているわけにもいくまい。

水を差すとはわかっていたが、本題を切り出す。

「あれがアナレイト王国でのもろもろを済ませた。これで後顧の憂いは晴れたといえるだろう」

「そうでしたか」

黒龍様があれと称するのは、白様のことだろう。

ここ数年はアリエル様とずっとともにある転生者の一人。

そして、この大きな歴史の流れを作り出している張本人。

「彼女であれば、しくじってはいないでしょう」

「ほう。あれをずいぶんと評価しているのだな」

「それはそうでしょう。今までずっと停滞していたこの世界に、荒波を起こした方ですからな」

「荒波、か。言いえて妙だ」

本音では荒波でもまだ温い表現だと思っている。

あれは全てを飲み込む大波だ。

今まで止まっていたこの世界を、強引に力ずくで洗い流し、更地に変えてしまうような。

「ポティマスも、ついに終わりです」

そして、さっきの話題をまた持ち出す。

白様にかかれば、あの執念深いポティマスも終わりだろう。

「わからんぞ？　なんせあのポティマスだ。あれを退けることも十分考えられる」

「いいえ。ありえませんよ」

断言できる。

ポティマスと長い間争い続けた私だからこそ、その底も見えている。

未だ底の見えない白様と、ポティマス。

どちらが勝つかなど自明のこと。

黒龍様とてそれはわかっておいでだろう。

「白様にとって、ポティマスなぞ通過点に過ぎないでしょうからな」

「だろうな」

私の考えに、黒龍様も同意する。

白様にとってポティマスは最終目的を達成するための通過点に過ぎない。

最終目的をとげるのに邪魔だから排除する。

その程度の認識に違いない。

そして、その最終目的とは、システムの崩壊。

「……黒龍様。システムを崩壊させ、そのエネルギーを使って世界を再生させるなどということが、本当に可能なのでしょうか？」

私は黒龍様に白様の目的とその手段を聞かされていた。

その時にも同じ質問をしたが、改めてもう一度聞き直す。

「理論上は、おそらく可能なのだろう」

そして、返ってきた答えは以前聞いたものと同じだった。

理論上は、おそらく、それら不確かな言葉が並ぶことからわかるように、黒龍様でも確証はないのだろう。

「ことは世界の命運にかかわってきます。確証が得られない博打（ばくち）のような方法にすべての命運を預けるのは……」

「わかっている。私とてあの話を聞いてから、何もしてこなかったわけではない」

黒龍様が若干煩わしそうに手を振る。

「いろいろと調べてみて、結局確証は得られなかった。いかんせん私はシステムへの過度な干渉ができない身だ。システムの全容がわからないからには、どうしても予測で補う必要がある」

ふむ。道理ですな。

何事にしても、結果を予想するには材料となるすべての事象を把握しておく必要がある。

システムの全容がわからないとなれば、そのシステムに関する事象の結果を予想しきるのは不可能。

「そのうえで言わせてもらえば、システムを崩壊させることによってこの世界を再生させることは、かなり高い確率で可能であると判断した」

「その根拠は？」

「システム全体のエネルギーの量をざっと計算してみた結果、世界再生の目標として設定されている数値を上回っていた。そこから世界再生をつかさどる箇所を除外すると、おそらくだが目標数値に近い値になるだろう」

「おそらく、だろう。希望的観測が含まれておりますな」

「それは仕方がない。だが、どう考えても足りない、という事態にならないことは確かだ」

ほかならぬ黒龍様の計算ならば、そこは信用できるか……。

「だが、そうした客観的な事実よりもむしろ、私はあれが確証を持っていることが答えなのではないかと思っている」

「と、言いますと？」

「あれはすでにその方法を探り当てているということだ。他ならないシステムの正式な機能としてな」

その黒龍様の言葉に、私は一瞬思考が停止する。

システムに、すでにそのような機能があった？

それは、システム自身が自壊するというその方法を、正攻法の一つとしているということなのか？

「不思議ではあるまい。システムには私でも知らない機能がまだまだあるのだ。その中にそれがないと、どうして言い切れる？」

　言われてみれば確かにそうだが、それでも自壊などという選択肢が正常ルートの一つとして定められているというのは、どうなのか？

　システムの製作者の正気を疑う。

「そもそもシステムの存在自体が非常識の塊だからな。今さら非常識な機能の一つや二つ増えたところで変わりないだろう」

「……ごもっともで」

　我々を生かしてくれているシステムのことを悪く言いたくはないが、殺し合いを強制し、死んだ生物の持つエネルギーを回収するというその在り方は、たしかに非常識だろう。

「支配者関連で何かあるのではないかと私は睨んでいる」

「支配者……？」

　支配者とは、私の持つ節制と同じ七美徳スキルと、アリエル様の持つ暴食と同じ七大罪スキルを持つ者たち、その中でも支配者権限を確立させた者たちのことをいう。

　ただそれらのスキルを持っているだけではなく、支配者権限を確立させて初めて支配者となれる。

　支配者にはいくつかの恩恵があり、システムに多少なりとも干渉することが許される。

「しかし、支配者の有する権限の中にそのようなものはありませんが？」

　私も支配者の一人だ。

　支配者の有する権限については熟知している。

　その中にシステムの自壊に関する項目はないはずだ。

「一人だけでは足りないとしたらどうだ？　たとえばそう、全ての支配者がそろい、特定の場所で特定の行動をとらねばならぬ、とか」

ない、とは断言できない。

支配者が協力するなどということはほとんどなかった。

なにせ、支配者の内三人は常に敵対している関係にあったのだから。

私、アリエル様、ポティマスだ。

そして、残りの支配者はそもそも生まれることさえまれだった。

七美徳、七大罪、全ての支配者がそろうことなど、それこそシステム稼働最初期のあの激動の時代でしかない。

その時も、支配者の面々は様々な陣営に分かれ、団結することなどなかった。

つまり、支配者が団結したことは未だ一度もないのだ。

その未知の状態に何か特殊な条件が付けられていたとして、確かめるすべはなかった。

そして、特定の場所というのには一つだけ心当たりがある。

エルロー大迷宮最奥。

かの初代怠惰の支配者が、その生涯をかけて完成させた大迷宮の奥。

あるとすれば、そこしかない。

「ここ何年か、あれはやけに支配者スキルを誰かに取らせようと躍起になっているようだったしな」

「そうでしたか」

そんなことがあったのか。

であれば、黒龍様の予測も的外れとは言えないかもしれない。

「しかし、そうなるとポティマスを倒してしまうのは逆効果になりませぬか？」

ポティマスもまた支配者の一人だ。

支配者が全員必要なのであれば、あれもまた必要なことになってしまう。

「それを考慮していないはずもなかろう。おそらく対策は取ってあるはずだ。それがどのようなものなのかはわからんがな。どのみち、ポティマスを生かしておいたところで、あれが協力するなど考えられん」

「なるほど。邪魔にしかならないのであればいっそのこと、ということですか」

ポティマスが協力することなどありえない。

それならば、無駄な説得を試みるよりも、排除して別のアプローチを試したほうが有意義ではある。

「しかし、そうなれば次に排除されるのは、この私ですかな？」

冗談めかして言ってみるが、あながち間違いでもない気がする。

それは今日黒龍様から話を聞く前から想定していた事態の一つでもある。

アリエル様方にとってポティマスの次に目障りなのは誰か？

考えるまでもなく私だろう。

そして、神言教は今までにないくらい弱体化している。

十数年前の古代の機械兵器復活による兵士たちの損失。

アリエル様方やあのポティマスとすら一時的に協力したあの事件で、神言教の戦力はがた落ちした。

それもこの十数年でかなり回復させることができたが、抜けた穴が塞がったわけではない。

本来であれば経験を積み熟練の年代になるはずだった、当時将来有望だった若手を大量に失ったのだ。

現在、その年代の兵士が手薄になってしまったがために、その上の引退していなければおかしい年代の老兵を引き留め、若手を繰り上げてポストに充てるなどしてしのいでいる。

しかし、それも先の大戦で崩れてしまった。

事前に負けるとわかっていても、神言教が援軍を全く出さないというわけにもいかず、それなりの数の兵を帝国に送り出し、そして帰ってこなかった。

アリエル様方に戦力で対抗してもしょうがないとは思っているが、神言教の戦力は落ちている。

さらに、偽勇者の発表、強引な帝国軍の遠征の通達など、かなりの無茶をしている。

偽勇者の件はまだ各国は知らぬことだが、露見すれば神言教の権威は地に落ちるだろう。

勇者の存在はそれだけ人族にとって重い。

さらに、通過させた帝国軍が、実は魔族だったなどと知れれば、神言教は終わりだ。

全ては、ポティマス打倒のために必要なことだったが、同時に神言教の権威を失墜させるためにアリエル様方がこの提案をしてきたのであれば、その最終的な目的はこの私の首だろう。

それがわかっていながら、アリエル様方の提案をすべて飲んだのはこの私自身だが。

「……いいのか？」

「ええ。神言教の使い道として、ここらが潮時でしょう。出し渋ったがために世界の潮流に乗り遅れることは、あってはならないことです」

今、世界は大きく動いている。

神言教もまた、否応もなくその大きな流れの中に身を置いている。

すでに神言教はこの大きな流れに抗えるほどの力がない。

ならば、その流れを加速させるのみ。

たとえその流れの力に押し流され、神言教が崩れ落ちようとも。

神言教とは、人族を守るためだけに存在する宗教。

ならば人族を守るために、大義を抱えたまま滅ぶのもまたよし。

「人族のため。ポティマス亡き後に来るであろう激動の時代のため。神言教を悪として人族をまとめ上げる。その準備はできております」

人が一致団結するのに必要なものは何か？

わかりやすい悪だ。

己の怒り、嘆き、やるせない思い。

それらをぶつけてもいい相手。

大衆にとって、自分たちこそが正義だ、という思いこそが団結のための導となる。

ならばこそ、人族をまとめるために、神言教は悪にもなろう。

「……お前のそれは徹底しているな」

「徹底せざるをえなかったのですよ。私には、贖うことさえ許されていませんので」

贖うなどと、烏滸がましいにもほどがある。

私にはそんなこと許されていない。

許されないからこそ、初志貫徹せざるをえない。

人族のために。

ただそれだけのために。

ほかならぬ女神様をそれで見捨てたのだ。

ならばそのためだけにすべてを捧げ、神すら敵に回して見せよう。

「……その迷いのなさが、少し羨ましい」

「……」

私からすれば、あなた方のほうが羨ましい。

女神様に寄り添えるあなた方のほうが。

そう思いはすれど、それを口に出して言うことはしなかった。

黒龍様にも事情があり、私同様抱えているものがある。

「お互い、ままならないものですな」

「まったくだ」

その後、私たちは夜通し益体もないことを語り合った。

お互いにこれが静かに酒を酌み交わせる最後の機会になるだろうと察していた。

アリエル様方がしようとしていることが成功しようが失敗しようが、時代は激動の時を迎える。

それは予感ではなく確信。

その時、人族が生き残れるよう、私は私のできることをするまで。

それが私に許された、たった一つの義務なのだから。

6　勇者一行を見守るお仕事

第三王子とかの蘇生(そせい)実験を済ませ、アナレイト王国でやることはなくなった。

王国内はまだまだ荒れてるけど、それは私の知ったこっちゃないし。

王様が死んで、第一王子も使い物にならなくなって、第三王子たちには謀反の疑いをかけて。

イヤー、ドロドロの宮廷劇ですな。

王位争奪戦勃発(ぼっぱつ)待ったなし！

そうなるよう仕向けたの私だけど。

山田くんはそれにいい具合に巻き込まれてくれ。

って、思ってたんだけど、ここで問題が発生。

目覚めた先生経由でエルフの里に夏目くん率いる帝国軍が進軍していることが伝わっちゃった。

エルフにも神言教みたいな遠話持ちの管制係っぽいのがいるみたいだね。

世界中にいるエルフの始末は順調に進んでるけど、まだまだ取り逃がしも多いみたいだ。

エルフの里を攻め滅ぼすまでには一人残らず根絶やしにしておかないとね。

そっちの作業には帝国と王国両方のお仕事を終えた第十軍をあてがっておく。

超忙しい仕事を終えた直後で悪いけど、これも超重要なお仕事なので諦(あきら)めてほしい。

ブラック？

軍人なんてそんなもんだよ、きっと。

それに、そもそも帝国でのあれこれな仕事が増えなければ、第十軍は各地のエルフ狩りに精を出す予定だったんだから、元に戻っただけなんだよ。

つまりやたら忙しいのは私のせいじゃなくて教皇のせいだってこと。

私は悪くない。

ていうか、各地のエルフを探し出して、そこに第十軍の人員を送り届けるのは私の仕事だし。

私が一番忙しい！

ブラックだ。

有休を申請する。

笑顔で「ダメ」と言う魔王を幻視した。

ちくせう。

で、話を戻すと、先生にエルフの里がピーンチと聞いた山田くんたちは、どういうわけか王国のことほっぽっといて夏目くん討伐に出発しようってことになっていた。

ほわい？

なぜそうなるのかミーわーかりませーん。

えー？　イヤ、うん……。

話の流れはわかるよ？

今人族と魔族は戦争中で、その渦中で好き勝手やってる夏目くんを放置することは人族全体の危機になりかねないって。

だからって言って、目先の王国のことほっぽり出して討伐に行こうって話になるか？

王国に残る第三王子も、本物の勇者である山田くんっていう戦力は手元に残しておきたいだろうに。

　これから第一王子派とドンパチやるかもしれないって時にさ。

　第三王子は広い視野を持ってるって言えば聞こえがいいかもだけど、遠くを見すぎて足元疎かにしてるとも言えるんじゃないかい？

　ここから王国の泥沼の内乱が始まるかもしれないわけなんだしさー。

　たぶん送り出される山田くんはそんなこと考えてないよね、これ……。

　第三王子に「行ってこい」って言われて、「もちろんです」って即答してたし。

　王国の情勢とかあんま考えずに、夏目くんは放っておけない的な感じで返事してるよね、あれ。

　できれば山田くんにはこのまま王国にいてほしいところだけど、なんか満場一致で山田くんをエルフの里に向けて出発させる流れになっちゃってるなぁ。

　この空気じゃ、ハイリンスに反対意見を出させるのは酷（こく）か。

　案の定、ハイリンスは特に反対もせず、山田くんのエルフの里行きは決定してしまった。

　がってむ。


　まあ、ゆうて帝国軍がエルフの里にたどり着くまでに間に合わんだろー、と油断していた私です。

　だってさあ、一応こういう事態を想定して、ダズトルディア大陸からエルフの里があるカサナガラ大陸への出入りはできないように小細工してたんだよね。

　神言教の力を借りてな！

困った時の神言教頼み。

実際にご利益があるから素晴らしい。

まあ、やったことはそんな大したことじゃない。

各国にアナレイト王国で起きたことを吹聴して、山田くん一行を指名手配しただけ。

アナレイト王国で起きたことは、表向き山田くんたちが王様を殺害して王位簒奪(さんだつ)をもくろんだってことになってるからね。

山田くんたちが訪ねてきても転移陣とか使わせるなよー、って言うよりも指名手配しちゃったほうが手っ取り早い。

大陸を渡るためには転移陣を使うのが一番だしね。

それをさせないためにもアナレイト王国の転移陣は壊しておいたんだし。

各国で指名手配されてれば、山田くんたちの動きも鈍くならざるをえない。

さすがに写真とかがあるわけじゃないから、一般人にまで人相が割れてる、なんてことにはならないけど、それでも治安維持の衛兵とかの視線は気になると思うんだよね。

なんて思ってたら、光竜になった漆原さんの背に乗ってばびゅーんと飛んでいきやがった。

そらな!

空な!

……すんません、ごめんなさい、つまんないギャグ言いました、生きててすいません。

空飛べる乗り物ってゲームでも終盤になったら手に入る、移動がメッチャ楽になるものじゃん。

空を飛ぶってものすごく移動がスムーズなんだよね。

道とか気にしなくていいし、障害物も低い山くらいなら飛び越えて行ける。

魔物が実在するこの世界じゃ、道っていうのはそういう魔物の領域を避けて蛇行してるのが普通なんだよね。

蛇行してるってことはその分だけ長くなるわけで、それを無視してまっすぐ飛べるとなれば、その分だけ時短になるわけで。

で、魔物の領域以外にも障害物、川だとか山だとかね、で道が限定されてる時もあるわけだけど、それも空飛んでれば関係ないもんね。

最短距離で進められるってわけ。

そして、最短距離で進めるってことは、立ち寄る街やら村も最低限になるわけで。

身バレのリスクが少なくなる。

現に一回もバレてないし。

ヤベーよ。

私、徒歩での移動で計算してたんだけど、これ空飛んでの移動で計算しなおすと、間に合っちゃう?

……そんなことないし！

山田くんたちが目指してるのは、あの！　あの！　あのエルロー大迷宮！

エルロー大迷宮の中ではさすがに飛んでいくってことはできないし、移動速度も落ちるはず。

それにエルロー大迷宮はやたら入り組んでて、しかも広い。

一度迷ったら抜け出すのは至難。

だからこそ案内人なんて職業も成り立ってるわけだしね。

エルロー大迷宮の入り口にはすでに帝国兵を配置してある。

そして、案内人にもアナレイト王国で起きたことを周知して、山田くんたちの指名手配の件は伝えてある。

これで山田くんたちを案内する案内人はいないだろう。

案内人なしでエルロー大迷宮に踏み込むなんて、自殺行為そのもの。

エルロー大迷宮で暮らしていた私がそう証言するんだ。

間違いない。

あと他に大陸を渡るすべは、海をそのまま飛んでいく?

それもまた自殺行為だと思うなー。

海って水龍の縄張りだし。

光竜に進化した漆原さんならある程度の水龍の相手はできると思うけど、それもずーっと飛びながらっていうのはさすがに無茶ってもんでしょ。

いつ対空砲火が飛んでくるかわからない海原を昼夜とわず飛び続けなきゃいけないわけでしょ?

体力も気力も持たないわ。

結論、山田くんたちの冒険はここで終わってしまった……。

イヤー、実際どっちも自殺行為だしね。

さすがにそれやろうとしたらハイリンスが止めるでしょ。

そのままダズトルディア大陸のほうで時間を潰(つぶ)しててくれ。

そう思って油断していた私です。

現在私の分体がこっそり山田くん一行の後をついて行っています。

そして現在位置はエルロー大迷宮の中。

なんでやねん！

びっくりするくらいとんとん拍子で案内人を確保し、帝国が防備を固めている正面入り口を無視して、秘密の海底入り口からご入場を果たしていた。

どういうこっちゃねん！

山田くんたちが確保した案内人は、イケおじなバスガスさんという人だった。

どっかで会ったことがあるような気が？

って思ってたら、どうやら蜘蛛時代の私の第一発見者だったらしい。

なぜかちょっと誇らしげに、私から逃げ帰ったことを山田くんに話していた。

この爆発しそうな名前の案内人のおじ様、その息子さんがハイリンスのことを昔一度案内したことがある縁で知り合い、そのままの流れで案内を引き受けていた。

おい、ハイリンス。

お前のせいで有能な案内人が仲間になっちゃったじゃんか！

どうしてくれる⁉

イヤ、このおじ様優秀なんだよね。

私もね、ベイビーたちを見に来るからチョイチョイこのエルロー大迷宮に来てるわけだけど、その時についでに人間たちのことを観察したりしてたんだよね。

その時にわかったことは、案内人でも当たり外れがあるってことだね。

道を普通に間違える案内人もいたからなー。

その点、このおじ様は地図も見ないで迷うことなく進んでいる。

地図を見ないで案内ができるのは、案内人の中でも相当慣れてる人じゃないとムリ。

年齢からもわかる通りのベテランだった。

おかげで山田くんたちの旅路は順調そのもの。

山田くんたち全員がそれなりに高いステータスだということもあって、かなりのハイペースで進んでいる。

まずい、まずいぞー！

このままではかなり余裕をもってエルロー大迷宮を突破してしまう。

エルフの里へは、エルフたちが隠している転移陣を使って行かなきゃならないけど、私が把握している中で一番エルロー大迷宮の出口から近いのを使えば、計算上帝国軍が着く前に間に合っちゃう。

あ、ちなみに、エルフが使う転移陣はほぼ全部把握してると思う。

なんせうちの分体の諜報(ちょうほう)能力は優秀だからね！

まあ、手のひらサイズの感知に引っかからない蜘蛛なんて、それと認識して警戒してないと見つけるのは至難だよね。

それを何千と世界中にばらまいてるんだから、情報も相応に集まるってもんですよ。

で、エルフは他よりも入念にマークしてたわけでして、コソコソと動こうが尾行しちゃえば転移陣の場所を割り出すのは簡単だった。

あいつらも全く出入りしないってわけにはいかないしね。

だから、私が分体をばらまいてから使われた転移陣に関しては全部把握していると思う。

使ってないのがあったらさすがにそれはわからないけど。

ふ。エルフどもは私たちが転移陣の場所を把握してないと思ってるんだろうな。

ふふふ。バカな奴らめ。

お前ら転移陣の場所も知らないんだろー、バカめー、ってバカにしてる連中に逆にバカにされるエルフ。

ぷー、クスクス！

って、エルフをバカにしてる場合じゃないな。

山田くんたちどうすっかー。

このまま何事もなく行けば、間に合っちゃうんだよなー。

んー。

ベイビーたちをけしかけるか？

ベイビーというのは、かつて私の並列意思たちが生み出した白蜘蛛たちのことだ。

産卵のスキルを使って量産した眷属みたいなもんだね。

まあ、そいつらはどっかの街に並列意思たちとともに襲撃かけて、その生き残りをここエルロー大迷宮に転移でぶん投げておいたんだよね。

その後どうやらこのエルロー大迷宮で独自の生活を営んでいたらしい。

神化した後にひょっこり顔を出したら、ものすごくなつかれた。

どうやら私は神化した後でも生みの親判定されてたようだ。

実際には並列意思どもが生み出したんだけどねー。

そのベイビーどもは巷(ちまた)では悪夢の残滓(ざんし)とか呼ばれてるらしい。

ちなみに私が迷宮の悪夢だ。

悪夢がいなくなった後に出現した同じ蜘蛛型の魔物ということで、まあ、関連性を疑われて残滓と名付けられたっぽいね。

疑われたも何も、関連性がっつりあるからね。

そのベイビーどもを山田くんたちにけしかけて時間稼ぎ……ダメだ……やめとこう。

ベイビーどもが相手じゃ、山田くんたち死ぬわ。

ベイビーたちって、一体だけでも先代勇者のユリウスを追い詰めてたもんなー……。

そんな強さのがうじゃうじゃいるわけで、山田くんの強さは勇者ユリウスと比べて大幅に上ってわけじゃないしで、けしかけたら死ぬ。

山田くんってステータスだけならたぶん勇者ユリウスより上だと思うんだよねー。

けど、実戦経験が圧倒的に足りてない。

あと覚悟とかそこらへんの精神的なもの。

だから、実際に勇者ユリウスと比べたら、同じくらいか勇者ユリウスのほうが強いまであると思う。

なんて言っても勇者ユリウスはあのクイーン分体を倒してるしね。

しっかし、勇者ユリウスの強さならクイーン分体を倒すことはできなかったはずだけど、倒されちゃったんだよなー。

勇者の底力恐るべし。

勇者で天の加護なんてスキル持ってる山田くんはさらに警戒しなきゃ。

うーん。うーん。

しかし、どうすればいい？

山田くんたちの妨害を、山田くんたちを殺さない範囲でやるって結構難しいぞ。

生かさず殺さずやらないといけないわけでしょ？

殺すのは簡単なんだけどなー。

イヤ、先生がいるからやらないけどさ。

かといって、ちょっとした怪我(けが)とかさせても、治療魔法で回復されて終わりだし。

足止めにもならない。

いっそ転移で王国に戻しちゃう？

……ダメだ。

私の手が足りない。

ぶっちゃけ今、私ってばとーっても忙しくて、山田くんたちに何かする余裕がないのよね。

できるとしたら外部の誰かに何かさせるくらいだけど、エルロー大迷宮内で動かせる人員なんてベイビーどもくらいだし。

そしてベイビーどもは下手な指示を出すと張り切りすぎてやりすぎるのが目に見えている。

勇者ユリウスに襲い掛かったのだって、私が大戦で倒す計画を立ててるのをどっかから知ったのが、忖度して先走ってやっちゃったことだし。

ここで山田くんたちのことを足止めしてくれって言ったら、足をちょん切って文字通りの足止めとか猟奇的なことをしでかしそうで怖い。

勢い余って殺しそうなのが一番怖いけど。

山田くん以外だったら、山田くんの蘇生で生き返れるけど、でもやっぱ危険なことに変わりはないしやめておこう。

正直今は私の手がいっぱいで、山田くんたちにできることはほぼないし、下手な手出しはしないほうがいいか。

ぶっちゃけかまってる余裕がない。

こうして見張ってるくらいが限度だな。

しかし、ただ見張ってるだけでもなかなか愉快だなー、山田くん一行。

何が愉快って？

いろいろだよ、いろいろ。

見てて飽きない。

見てるだけでもハプニングの連続に遭遇してるし。

漆原さんが人化したり。

漆原さんがかなづちだったことが判明したり。

人化したのは驚いた。

私はアラクネになるまでかなり苦労したっていうのに、いとも簡単に人化しやがって！

こっちはアラクネから神化して完全な人型になるまでもかなり苦労したんだぞ！

ていうかスキル一覧に人化とかなかったじゃん！

デフォルトで人化がある竜ずるい！

竜にあるなら蜘蛛にもあっていいじゃん！

竜と違って蜘蛛には固有スキルないけど！

でも許す。

なんて言ったってその後にかなづちであることが判明して、大恥をかいたんだから。

くふ。あの尊大ないじめっ子の漆原さんが、まさかのかなづち。

これを笑わずにいられようか？

いいや！　笑うね！

あーはっはっはっは！

どうも漆原さんにはいじめられていた記憶があるからか、当たりがきつくなる。

実際にいじめられてたのは本物の若葉姫色(わかばひいろ)ことDなんだけど。

まあ、Dからしてみれば子犬がキャンキャン吠(ほ)えてるくらいの認識だったんだろうけどねー。

でもこうして私が不快に感じてるってことは、Dも愉快ではなかったってことだろう。たぶん。

そして、泳げない漆原さんは憐(あわ)れ水中で水龍に追い回され、もがもがと無様な姿をさらしたのであった。

イヤー、愉快愉快。

その後水龍のブレスでぶっ飛ばされて、水着が大変なことになって山田くんのラッキースケベイベントが起きたのもまた、笑いポイントだったわ。

漆原さんは山田くんのこと異性として意識してないけど、あられもない姿の状態で密着しちゃって大島くんにさりげなく睨(にら)まれてやんの。

ラブコメかな？

きっとこの後もドキドキイベントが頻繁に起こって、山田くんに惚(ほ)れる展開と見た！

そして三角四角関係に発展して、ドロドロの昼ドラ展開に……。

山田くんが刺されて死ぬか、相手の女性が刺されて死ぬか、どっちになるかな。わくわく。

イヤ、待て。

山田くんの天の加護の効果を考えると、昼ドラ展開にはならずにラブコメ路線を継続して、なあなあでハーレムを築くことになるのでは？

なんていううらやまけしからんスキルだ！

山田くんと関わった女性はみんな山田くんに惚れてしまうと考えれば、とんでもなく恐ろしいスキルだな！

実際やたら山田くんの周りの女の子は、山田くんに惚れる率高いし。

妹ちゃんでしょ？　長谷部さんでしょ？　大島くんでしょ？

漆原さんはまだとして、先生も違うな。

アナっていうハーフエルフの元メイドさんも惚れてるとはちょっと違う感じだな。

惚れてるっていうよりかは忠誠？

忠誠誓うのも惚れこんでるって言えばそうか。

若干ニュアンス違うけど。

……あれ？

冗談で言ってたけど、割と真面目に山田くんハーレムできあがりつつないか？

夏目くんの働きのおかげで今は分断されちゃってるけど。

……これ、どこまでが天の加護のスキルの効果なんだろう？

山田くん本人の人徳で惚れたんなら別にいいんだけど、スキルの効果だったらマジで恐ろしいスキルだな。

こういう時スキルの効果が実感しにくいやつは推し量れなくて困る。

水龍にぶっ飛ばされて起きたラッキースケベも、実は天の加護の効果なのか？

でもそうなると、山田くんはそういうイベントが起きることをひそかに願っているむっつりということに……。

ま、まあ、男の子だしね、うん……。

まあ、冗談はさておき、山田くん一行の旅路は見ててなんとなくほのぼのとするんだよなー。

なんていうか、悲壮感がないっていうか。

最近私がかかわる連中って、どいつもこいつも追い詰められて悲壮感たっぷりな奴ばっかだったからなー。

魔族の窮状に抗う、アーグナー、バルト、ワーキス……。

人族のために神言教を立ち上げて、ずーっと尽くし続けてきた教皇。

いろんなものの板挟みになって、身動きの取れなくなっていた黒。

そして、女神を救うために立ち上がった魔王。

誰もかれももうどうしようもないところまで追いつめられていて、それでも諦めることなく抗っていて。

見ていて痛々しいくらいだった。

山田くんたちにはその悲壮感がない。

まあ、山田くんたちだっていろいろあって、遊び気分でやってるわけじゃないんだけどさ。

それでもなんていうか足りないんだよね。

覚悟が。

覚悟を問われるような、どうしようもない場面に遭遇してないからなんだけど。

勇者ユリウスみたいに、ずーっと覚悟を問われ続けて、己の歩む道を自ら選び取ったわけじゃないからね。

今まで苦難らしい苦難に遭遇したことがないから、どうしたってきっちりと地に足がついた生き方ができてない。

や、切った張ったの世界で生きてないほうがいいんだけどね。

勇者ユリウスが守りたかったものっていうのは、そういう世界なんだろう。

だから、本人たちは真剣そのものなんだろうけど、どこかほのぼのとした気持ちで見守っちゃうんだよね。

アーグナーとか見ててもう辛かったし、私は立場上そんなアーグナーを死地に向かわせなきゃならなかったわけだしね。

……でも、そんな山田くん一行も、エルフの里に到着しちゃったのならば、巻き込まないわけにはいかない。

そしたら、今みたいにほのぼのした雰囲気ではいられなくなるだろう。

エルフの里での戦いに巻き込まれたならば、この世界の不条理に触れることになるんだから。

できればそんなもの知らないままに、全(すべ)てが終わるまで大人しくしててほしかったんだけど。

まあ、ここまでとんとん拍子で順調に進んでるってことは、山田くん自身がそれを望んでいるってことだ。

さすがにここまで順調にいかれると、天の加護の効果を疑わざるをえない。

ならばこれは山田くん自身が望んだことで、そしてその先に待ち受けるものがなんであれ、たどり着いちゃうからには受け止めてもらわねばならない。

たとえそれが山田くんの望まないものであったとしても。


と、笑ったり楽しんだり、ちょっとセンチメンタルな気持ちになったりと、上がり下がり激しいなと自分で突っ込みたくなるんだけど、山田くん一行のことはちゃんと見守りますとも。

で、ハイリンスもどうやら山田くんたちをエルフの里に届けちゃうのは不本意らしく、独自に妨害を画策していたらしい。

山田くんたちがエルフロー大迷宮の大通路と呼ばれる区域に足を踏み入れた時、そいつは現れた。

地龍だ。

アラバとは比べ物にならないくらい弱っちい、進化したてのやつだった。

上層にいる竜を急遽そこら辺にいる魔物を根絶やしにしてレベルアップさせて、進化させたらしい。

また生態系を破壊するような無茶なことしちゃってー。

と、呆れながら地龍と山田くん一行の戦闘を見守る。

弱っちいと言っても、龍は龍。

ステータスもスキルもそんじょそこらの魔物とは比べ物にならない。

勇者ユリウスも龍を倒したことはなかった。

まあ、遭遇してたら勇者ユリウスなら下位龍くらい倒しただろうけど。

山田くんたちにとって、これまで遭遇した魔物の中で断トツで強いのは間違いない。

ちなみに、山田くんたちが戦った中で、魔物とかそういうカテゴリー抜きで一番強いのは吸血っ子だ。

吸血っ子ならあの程度の地龍は鼻歌歌いながら倒せる。

つまり、この程度の地龍を倒せないようじゃ、吸血っ子には勝てないってことだね。

とは言え、山田くんのステータスなら苦戦はしても負けるってことはないでしょ。

しかも、山田くんだけじゃなくて、漆原さんまでいるわけだし。

光竜に進化した漆原さんのステータスは、山田くんを超えているらしい。

かつての私もそうだったけど、魔物は人間よりもステータスの伸びがいいっぽいからね。

漆原さんは竜であるにもかかわらず、龍に匹敵するステータスになっているようだ。

現に、地龍を殴り飛ばしている。

女の子に顔面ぶん殴られて吹っ飛ぶ地龍……。

イヤ、しょうがないと思うよ？

思うけど絵面が情けないなーって。

そう思ったのは私だけじゃないらしく、ぶっ飛ばされた地龍本人もプンスコ怒って漆原さんに突撃かましていった。

が、振り下ろした爪は漆原さんにアッサリガードされる。

地龍の尊厳が……。

その後、魔法の火災旋風的なもので動きを止められたところに山田くんがとどめを刺し、地龍は呆気(あっけ)なく討伐されてしまった。

尊厳……。

これ、足止めどころか、ただ単に山田くんたちに龍殺しの称号と経験値をプレゼントしただけじゃないか？

あ、もしかしてハイリンスの目的はそっちか。

もう足止めはできそうにないから、ちょっとでも山田くんたちを強化しようってことか？

んー、まあ、ハイリンスの思惑がどうだったのか真偽は不明だけど、結局山田くんの利になってるなー。

これも天の加護効果か……。

もうなんか山田くんに都合のいい展開が起きたら全部天の加護のせいにしたくなるな。

って、おや？

『勇者？』

念話で山田くんたちに語り掛けながら登場したのは、なんとベイビーどもの一体だった。

え？　君何しに出てきたの？

イヤ、ちょっと、変な事されても困るんだけど……。

やばい、私今ちょっと手が離せないから、ベイビーどもが山田くんたちに襲い掛かったりしたら止められない。

どうしよう⁉

『勇者』『支配者？』

『支配者』『支配者』『支配者』『支配者』『支配者』『支配者』

なんて言ってる間にわらわらとベイビーどもが集結してきてるー⁉

『鑑定不能？』

『鑑定不能』『鑑定不能』『鑑定不能』『鑑定不能』『鑑定不能』『鑑定不能』

『支配者？』

『支配者』『支配者』『支配者』『支配者』『支配者』『支配者』

『転生者？』

『転生者』『転生者』『転生者』『転生者』『転生者』『転生者』

『でも弱い？』

『弱い』『弱い』『弱い』『弱い』『弱い』『弱い』
『弱い弱い』『弱い弱い』『弱い弱い』『弱い弱い』『弱い弱い』『弱い弱い』
ひー⁉
弱いからっておそいかかっちゃめっ！　だよ！
「転生者を知っているのか⁉」
そして山田くん。
君怖いもの知らずか⁉
よくこのベイビーズの群れに向かって口を利けるな。
襲われるとか思わんのか？
『知ってる』『知ってる』『知らないわけがない』
「なぜ、それを知っているんだ？」
ほっ。どうやらベイビーどもはすぐ襲う感じじゃないっぽい。
『マスター』『マスター』
『マザー』『マザー』
って、私のことだよな？
「そのマスターは、転生者なのか？」
『そのうちわかる』『そのうち知る』『すぐに知る』『すぐにわかる』
あ、はい。
まあ、山田くんたちがエルフの里に来ちゃったら、顔を合わせることになるだろうね。

「どういう意味だ？」

『宣言』『宣告』

『終わりの始まり』

『世界が始まる』

『世界が終わる』

「待ってくれ！　どういう意味なんだ⁉」

本当にどういう意味だよ⁉

意味ちゃんとわかって言ってるのかこいつら？

なんかそれっぽいかっこいいこと言っておけ的なノリじゃないよね？

『知る意味はない』

『どうせ死ぬ』

『みんな死ぬ』

『生き足掻（あが）けばいい』

そう言ってベイビーどもは山田くんたちの前から姿を消した。

どうしよう……。

いつの間にか我が子らは中二病を発症してしまっていた……。

なんか山田くんたちから見えないところまできたベイビーたちが、やりきってやったぞ！　ってな感じの満足げな顔してるし。

どこで教育間違えたかな？

……まあ、襲い掛からなかったし、いっか。

なんか超意味深なこと言って山田くんたちをビビらせていたけど、何がしたかったんやあいつら？

我が子供ながら、その考えてることが理解できん。

警告、なんだろうか？

て言っても、警告したところでなぁ。

山田くんたちが何をしたところでもうどうしようもないところまで来ちゃってる感はあるんだよなぁ。

山田くんたちにせめてもの心構えだけでも作らせておくって意味じゃ、成功なのかもしれないけど。

そう考えるとこれも山田くんにとってプラスのイベント、なのか？

……わからん。

天の加護も万能ってわけじゃないだろうし、何でもかんでも天の加護のせいにするのはよくないよな。

天の加護が万能だったら、そもそも夏目くんの暗躍は成功してないわけだし。

妹ちゃんと長谷部さんは夏目くんの手中だしねー。

警戒するに越したことはないけど、意識しすぎるのもよくないか。

なんにせよ、山田くん一行の見守りは続けよう。

幕間　勇者の妹と邪神の操り人形と走狗

窓から眼下を見下ろす。

そこには帝国軍が解散し、あてがわれた部屋に散っていく姿があった。

その中に見知った顔、聖女候補のユーリがいて、思わず顔をしかめてしまう。

「よう。我が婚約者殿はいつも通り不機嫌そうだな」

ノックもなしに部屋の扉が開き、ユーゴーが顔を出す。

「黙れ偽勇者」

「おー、怖い怖い」

ユーゴーは気にしたふうでもなく、備え付けられたソファに乱雑に座る。

「あと婚約者なんて言わないで。汚れる」

「ひでー言いざまだな。わかったよ、スー」

「スーとも呼ばないで。その呼び方は兄様と特別親しい人にしか許してない」

「はいはい。スーレシア姫」

にやにや笑いながら肩を竦めるユーゴー。

視界に入れるのも不愉快だったので、窓の外に視線を戻す。

帝国軍は順調にエルフの里に近づいている。

今日はここで帝国軍を一日駐留させ、明日、転移陣を使ってまた別の場所に移動する。

そしてこの部屋は私とユーゴーのためにあてがわれたもの。

はなはだ不本意ながら、私とこの男は婚約者ということになっている。

おそらく私とこの男が行動を共にしていても不自然ではないように取り計らうために。

欺瞞(ぎまん)とは言えこんな男と婚約など、反吐(へど)が出る。

兄様のためでなければ、こんな男すぐに殺してやるのに。

そう、これもひとえに兄様のため。

だから辛くても耐えられる。


ある日、私は邪神に出会った。

そいつは真っ白な見た目に反して邪悪だった。

兄様に手を出した罪深きユーゴーとかいう愚物に、この手で裁きの鉄槌(てっつい)を下そうと赴いた先で、ユーゴーはその邪神にナニカをされていた。

本能が、これには勝てない、と告げていた。

逆らえば死。

生まれて初めて恐怖で身動きの取れなくなった私に、邪神は囁(ささや)いた。

「お兄さん、見逃してあげようか？」

そして私は、邪神の言いなりになった。

私が邪神の言うことを聞いていれば、兄様には手出ししないと約束している。

兄様のためなら、私はどんな試練でも耐え抜いてみせます……。

「もうちょいでエルフの里だな」

見なくてもユーゴーが笑っているのがわかる。

この男はたいてい面白くもないのに笑っている。

「ククク。楽しみだぜ」

耳が腐るから黙れ。

兄様の声が天上の楽器による演奏だとすれば、この男の声は錆びた弦を無理やりひっかいているようなもの。

ああ、兄様の声が聞きたい……。

兄様の声を少しでも聞ければ、このささくれ立った心も落ち着くのに……。

「お邪魔するわよ」

くっ。

目障りなのが増えた。

「ご機嫌よう、妹ちゃん」

やってきたのは邪神の手先、ソフィア・ケレン。

「何しに来たの？」

「妹ちゃんの様子を見に来たの」

「でしたらもう見ましたね？　失せてください」

ただでさえユーゴーという目障り極まりないのがいるというのに、これ以上増えたら私はストレスでどうにかなりそう。

「つれないわね。少しくらいお話ししましょうよ？」

「あなたと話すことなんてありません」

「あ、そう。大好きな大好きなお兄ちゃんを、洗脳されたふりして裏切った妹ちゃんが、悲しみに暮れて泣いてるのを慰めてあげようと思ったのに」

「っ！　余計なお世話です！　神の走狗が！」

洗脳されたふりではなく、あの時は本当に洗脳されていたんです！

おそらく邪神の指示だったんでしょうけど、父様を殺したあの時だけは本当に洗脳されていた。

なぜそんなことをしたのか。

推測でしかないけど、あの邪神は私に逃げ道を用意したんだと思われる。

洗脳されていたからしょうがないという。

あの邪神は悪辣なくせに、中途半端に優しさを見せる。

徹底してもらったほうが、こちらとしては割り切れていいのに……。

「あら？　あなたも今は同じでしょ？　だからこそ、お兄ちゃんを裏切った」

「違う！　私は兄様を裏切ってなんかない！」

それだけは断じてない！

「でも、ご主人様に従ってるのは確か。人族の敵には違いないわ」

「くっ！」

「そうそう。その顔。その顔が見たかったのよ」

ソフィアの顔に愉悦の表情が浮かぶ。

「最低です」

「褒め言葉として受け取っておくわ」

神経を疑う。

邪神よりも性格が悪いんじゃないかと思える。

死ねばいいのに……。

「おいおいソフィア。俺には挨拶なしか？」

「あら？　いたの？」

虫けらのようにユーゴーを見るソフィア。

「そんな目で見るなよ。俺だって傷つくんだぜぇ？」

「あ、そ」

虫けらを虫けらのように見て何が悪いのか。

虫けらと毒婦が同時に視界に入ってくるなんて、目が腐りそう。

「それで？　妹ちゃんは七大罪スキルか七美徳スキル、どれかとれたの？」

「……まだ、です」

「困るわー。ご主人様との約束、忘れたの？」

ぐっ。

私があの邪神とした約束。

それは、邪神に協力することと、七大罪スキルか七美徳スキルを獲得すること。

それを達成すれば兄様の安全は保障され、私も自由の身になれる。

でも、まだ私はとれてない。

「ま、ご主人様も期待してなかったみたいだし、別にいいのだけれどね」

「ハッ！　しょせん俺らとは出来が違うってことだな」

拳を握り締める。

なんていう屈辱！

こんな汚物どもに、下に見られるなんて！

「いい顔」

ソフィアがにやりと笑う。

「生まれも育ちも何不自由ないお姫様が、そうやって屈辱に震える姿。そそるわー」

ゲス。ゲス中のゲス。

「……」

ほら、ゲス代表のユーゴーですら引いている。

ゲスに引かれるゲスなんて生きてる価値ある？

死ねばいいのに……。

なんでこの世には兄様以外の有象無象がいるのだろう？

兄様と私以外はみんな死ねばいいのに。

「だが、そいつが間に合わないとなると、大丈夫なのか？」

「大丈夫でしょう。支配者スキルは多ければ多いほどいいらしいけど、現時点でも最低限はそろってるらしいから。増えれば楽ってくらいなんじゃない？」

「はーん。ま、俺はその支配者スキルのキー？　だったか？　の使い道は知らねーし、どうでもいいけどな」


こいつ、あの邪神に操られて、そのキーとやらを二つも渡しているくせに、暢気な。

私の知る限りで、ユーゴーの強欲と色欲、ソフィアの嫉妬、あと会ったことはないけどラースとかいうやつの憤怒、同じく会ったことはないけどメラゾフィスという男の忍耐、魔王アリエルの暴食、計六つのキーを手に入れているらしい。

そのキーを何に使うのか、私も知らない。

けど、邪神がまともなことに使うとも思えない。

「そいつよりもユーリがとれねーのが問題じゃね？　あいつだって俺らと同じ転生者だろうが」

「転生者でも向き不向きがあるんでしょ」

ユーリもかわいそうに。

いくら兄様をしつこく勧誘する腐れ尼でも、洗脳されていいようにされるなんて……。

兄様を誘惑しようとしてたしかまわないか。

うっかり間違ってそのまま神の身許に旅立たないかしら。

信心深いんだし本望よね。

「ああ、そうそう。あなたのお兄さんね、エルフの里に向かってるそうよ？」

「!?」

兄様が!?

「エルフの里で感動の再会ができるかもね」

兄様……。

会いたい。

でも、会うのが怖い。

どんな顔をして会えばいいのか……。

「先生とかも一緒だそうよ。先生にカティアにフェイ、アナ。女性に大人気ね」

あいつら……。

そう……。

私がこんな苦労している時に、ちゃっかり兄様にすり寄ってるのね……。

あの先生とかいうのはずっと不審に思ってた。

それにカティア。

カティアのことは友人だと思ってたけど、兄様に手を出すのなら、次に会った時は……。

「……なあ。こいつ人の悪口平気で言うけどよ。こいつも大概だよな？　こいつ今ぜってえろくなこと考えてねーぞ？」

「まともなのをご主人様が引き抜くわけないじゃない。ちょっと酷い目に遭わせても良心が痛みにくいのを選んでるんだから」

「なーる。すげー納得」

ゲスどもが何か言ってるけど、しょせんゲスどものさえずり。

気にしない。

7　これまでをまとめて今後の予定を立てるお仕事

ここ最近の忙しさは尋常じゃないけど、じゃあ、そんな状況になる前にいろいろやってればよかったんじゃね、って思うじゃん？

弁明する！

私にそんな暇はなかった！

今ほどじゃないけど結構忙しかったんだよう！

これでも一応軍団長だからね。

軍の運営をしなきゃならなかったわけですよ。

しかもですよ？

私が任されたのはそもそも軍の体裁も整っていなかった第十軍。

寄せ集め集団にすら入れられなかったあぶれ者たちをひとまとめにして、臭いものに蓋(ふた)的な発想で放り込んだ第十軍ですよ？

そいつらを調教……、もとい訓練で立派な軍人に仕立て上げ、さらに軍備を整えて最低限軍として機能させることができるようになるまで、どれだけ時間がかかったことか。

戦争準備に明け暮れている間は休む暇もなかった。

ブラックー。

有休を！　申請する！

却下されたけど……。

さらにさらにだよ？

それと並行してさらにいろいろとこなしてました。

まず、分体のグレードアップ。

大戦の時に披露した諜報用分体。

これは最初に生み出した手のひらサイズの小蜘蛛分体を、そのまま強化した感じ。

手のひらサイズは変わらずに、隠密性を強化して、感知系のスキルに引っかからないようにし、さらに見て聞いたものを本体にもフィードバックする機能つき。

大戦の時にはそのフィードバック機能をさらに拡張して、専用のモニターに映像配信ができるようにさえしてた。

超高性能自走カメラですよ！

これを世界各地に数千体ばらまいて、リアルタイムで様々な情報収集に使ってたわけですよ。

おかげで世界各地にいるエルフの所在だとかもばっちりゲット。

エルフが隠している転移陣の所在もすっぱ抜き。

ふふふ。

神言教とかエルフとか、諜報活動には結構力を入れてるけど、私の足元にも及ばんなぁ！

まあ、この諜報用分体は戦闘力皆無で、足で踏んづけるだけでプチッと潰されちゃうのが玉に瑕。

隠密能力が高いしそうそうそんなことはないんだけど、たまーに事故みたいな感じでプチッとされちゃうことがあるんだよねー。

まあ、そこらへんは必要経費と割り切るしかあるまい。

プチッといっちゃったら補充しなきゃいけないから、その手間もあったんだけど。

で、常時数千体の諜報用分体を稼働させつつですよ？　さらに戦闘用分体の量産も進めていたわけですよ。

戦闘用分体はその名の通り戦闘に使うための分体。

こっちは諜報用分体とは異なり、用途によって形状が違ってくる。

まず、量産型の汎用戦闘用分体！

サイズはだいたい一メートルくらい。

形状はアラクネに進化する一歩手前だった頃のザナ・ホロワ時代のものとほぼ一緒。

要するに白い体に前足二本が鎌状になってる感じね。

そして、その主な戦闘方法もザナ・ホロワ時代とそんな変わらない。

魔法、今では魔術だけど、をバンバンぶっ放して、邪眼ガンガン飛ばして、近づかれたら鎌で迎撃。

もちろん糸と毒も完備。

量産型とつくことからわかるように、この汎用戦闘用分体はいっぱいいる。

数は軍事機密なので秘密。

お次がクイーン分体。

大戦の時に勇者ユリウスにぶつけたのがこれ。

マザーを参考にして作られた分体で、でかーい！　説明不要！　って感じの、巨体を生かしたパワーでごり押しする分体になる。

実は戦闘力は汎用戦闘用分体とそんな変わらない。

ただ物理的にでかい分、作る時のコストは高くなる。

なので、数は少ない。

そして最後に、私の切り札的な存在、空間専門分体。

その名の通り空間魔術に特化した、手のひらサイズの分体だ。

見た目は諜報用分体と変わらないけど、その能力は全く異なる。

異空間を作り出したり、空間を侵食したり。

なんでか神化してからやたら適性の高かった空間魔術、私のその集大成を分体に注ぎ込んだものだ。

空間を割いて首チョンパとか普通にできるから、対抗する手段を持たないとこの空間専門分体には絶対勝てない。

上半身だけ転移でどっかにサヨナラとかね。

逃げようにもそもそも逃げる空間をいじくれるんだから、逃げようがない。

対抗するには私の空間干渉にさらに干渉して、最低限互角に張り合わないといけない。

システム的なことを言えば、空間魔法の進化系の次元魔法をカンストさせてもムリなんじゃないかな。

つまり、システムの範囲内で私に対抗するのは不可能ってことだよ。

つえーわー。私つえーわー。

これら戦闘用分体は、普段空間専門分体が作り出した異空間にいる。

必要になったらその異空間から呼び出すわけ。

まあ、今のところクイーン分体を勇者ユリウスにぶつけた以外はお留守番してもらってる。

サボってるわけじゃなくて、動かさないことによって省エネしてるんだよ。

そこらへん勘違いしちゃいけない。

吸血っ子たちに倒させた神話級の魔物とかの死骸を、分体のいる異空間に放り込んで食わせ、エネルギーの補充をして、エネルギーが一定以上たまったら新しい分体を作る。

そんなサイクルで戦闘用分体をゆっくり増やしてきたわけ。

最初期の手のひらに乗ってるかわいいだけの分体から、よくぞここまでこぎつけたもんだわ。

マジで最初はホントなんもできなかったからね。

継続は力なり。

スキルみたいに鍛えれば強化されるのが保証されてるわけじゃないけど、それでもやっぱ努力すればある程度は報われるんだなって思うわ。

でだ、分体にはあともう一種、かなり特殊なやつがある。

これは軍団長勤務とは別の、並行して進めているお仕事に深く関わる分体になる。

その分体の名は、システム関連分体。

名前で察して。

まあ、つまりはシステムに関することをあれこれする分体なのだ。

私の最終目的はシステムをぶっ壊して、その時に生じるエネルギーでもってこの世界を再生させること。

そのためには入念な準備が必要。

そしてその準備のためには、システムのことを細部まで知り尽くす必要がある。

ことは世界の命運を賭けた一発勝負だからね。

慎重に慎重を重ねて、ちょっと神経質すぎないかってくらいでちょうどいい。

だから準備段階でも手は抜かず、かなり力を入れてシステムの調査に費やしていた。

軍団長の仕事に、分体関連。

これらも十分忙しかったっちゃ忙しかったけど、実はリソースの大半を費やしたのはこのシステムの調査と言っていい。

調査のために専用の分体を生み出すくらいには本腰入れてたからね。

そういうわけで、私には休む暇もなかったのだよ！

わかったかね諸君！

このくっそ忙しくなる前も、私は十分忙しかったのだということを！

その忙しかった私に！　将来さらに忙しくなるから頑張れと誰が言えよう⁉

未来を知っていたとしても「イヤ、これ以上ムリだから……」って言うわ！

労働基準法仕事しろ！

あ、ここ異世界だからそんなものないですか……。そうですか……。

ブラックー。

まあね、やるって決めたのは私自身だからね、やりますけどね！

というわけで、ここまでに判明したシステムについてご報告ー。

そもそもシステムとは何ぞや？

システムとは、Dが作り出した超巨大魔術である！

その主な効果は、この世界で生きている生物にスキルやらステータスやらを付与し、死後それらを回収してエネルギーに変換し、そのエネルギーでもって世界の再生をしているというものである！

長い！

一文なのに三行！

今北産業！

これでも要点をまとめてわかりやすく一文にしてるんやで？

まあ、要はこの世界に生きてる生物に、生きてるうちにエネルギー溜めさせて、借金の取り立てのごとく死後それを回収するっていうえげつない魔術なんだよね。

そのエネルギーを溜める方法がスキルやらステータスやらを鍛えるってことで、そういうゲームチックな仕様はDの趣味だと思う。

取り立てたエネルギーは崩壊寸前のこの世界の再生に使われると。

そもそもなんで世界がそんなシステムに頼らなきゃならなくなったのかっていうのは、大昔のこの世界の人間がバカやらかしたかららしい。

そこらへんの詳しい経緯は禁忌に聞け。

もれなく「贖え」コールが寝ても覚めても聞こえてくるサービス付きやぞ。

私は神化してそのサービス解約してやったけどな！

あれ地味にうざかったから助かった。

まあ、禁忌の話は置いといて、どうやら大昔の人間がこの世界のエネルギーを枯渇させるようなことをしでかして、その穴埋めのために女神が生贄（いけにえ）になったらしい。

私も詳しいことは知らん。

知る必要もないと思ってる。

だって知っても胸糞悪（むなくそわる）くなるだけだと思うし。

当時を知ってる魔王を筆頭にした黒とか教皇とかを見てるとね、ろくでもないことが起きたんだなっていうのは察せますよ。

この世界の生き物が死んでもエネルギーを引っぺがされて、また同じ世界に転生しなおすっていう、地獄みたいな連鎖から逃れられないのは、きっと罰の意味もあるんだと思う。

その罰に関係ない私たち地球からの転生者を巻き込むなって言いたいけどね！

で、システムのことに話を戻すけど、システムにはその基本機能の他に、Ｄによるお遊び機能がちょくちょく追加されている。

ゲームチックな部分はほぼそれだよ。

スキルとか、魔物とか。

ただ単に生きてる間にエネルギー溜めさせるだけなら、スキルだとかステータスだとかレベルだとか、そういうのは必要ないからね。

ここら辺はＤのお遊びだってはっきりわかる。

じゃあ魔物はと言うと、こっちは微妙なライン。

スキルだとかがお遊び要素だとしても、それでエネルギーを溜める仕様を採択しているからには、戦ってもらわなきゃならない。

その相手として用意されたのが魔物。

ゲームで言うところの敵キャラ。

システムはその敵キャラを用意したわけだね。

ただ、システムが魔物を用意したのは最初期だけで、あとは自然繁殖で勝手に増えていってるだけっぽい。

魔物を生み出すにもエネルギーがいるし、勝手に増えてくれるんならそっちのほうがいいしね。

結果、今の魔物はシステムが生み出した魔物の子孫と、もともとこの世界に生息していた動植物が今の環境に適合したのと、それらが混じったのとで、もう分類不可な感じで種類を増やしたわけ。

システムが現在魔物にしてることと言えば、本能的に人間に襲い掛かるよう刷り込んでるくらいかな。

人間からしてみたらはた迷惑なことこの上ないけど、戦わせなきゃいけないからしょうがない。

それに、魔物もすでに食物連鎖に組み込まれてるから、今さらいなくなられても困るしね。

そして、魔物以外にも、人間同士を争わせる仕様がある。

それこそが、勇者と魔王。

勇者は人族。

魔王は魔族。

それぞれの勢力を率いて、相争わせる。

それぞれ変わった能力が付与された特殊称号だね。

勇者には魔王に対する特効効果と、勇者剣の使用許可。

さらに窮地で力を発揮するなんて機能も。

魔王は勇者への特効はないものの、魔王剣の使用許可がある。

勇者のほうが優遇されてる気がするけど、これはそもそも魔族と人族では身体スペックやら寿命やらが異なるために、魔王のほうが強くなりがちだから与えられるハンデってやつだね。

これがないと一人の魔王に蹂躙され続ける人族って構図ができちゃう。

問題はこの勇者に付与されてる魔王への特効効果で、どんなに強い魔王とでも、勇者は互角に戦えちゃうんだよね。

ただ、劣っている勇者が、強い魔王に追いつくためには、どっかからエネルギーを足さなきゃいけないわけで。

要するにシステムからエネルギーを頂戴して一時的なパワーアップをするのが魔王特効の正体なんだよね。

で、今代の魔王は歴代最強でしょ？

ステータス平均九万とかいう。

そんなのと勇者が戦ったらどうなるか？

とんでもないエネルギーをシステムから無駄に引っ張ってきちゃうわけですよ。

エネルギー溜めたい時にそんな浪費ができるかー！

ていうか、勇者がいると魔王の身が普通に危ないっていうこともあって、大戦の時に勇者ユリウスを抹殺し、ついでに勇者っていう仕様そのものを撤廃すべく、システムに干渉したんですよ。

結果は失敗だったんだけどね。

システムのことをかなり調べて、いけるだろうって判断したんだけど、どうやら甘かったらしい。

この失敗を教訓に、さらにシステムへの理解、そして掌握を進めねばならんなー、っていうのが現状。

そして、そのシステムの掌握に重要なのが、支配者スキル。

七大罪スキルと七美徳スキルのこと。

これらのスキルはシステムにアクセスするキーとなっている。

支配者スキルを持ってて、さらに禁忌から知ることができる支配者権限の確立っていうのをやっておくと、いろいろと特典がある。

鑑定の妨害ができるようになったり、システムに検索をかけることができたり。

ただ、そういう特典を使いすぎると魂が摩耗してくから、あんま乱用することはお勧めできない。

鑑定の妨害くらいならほぼ消費なしだからいいんだけどね。

私も神化前には鑑定の妨害で何回かお世話になった。

で、この支配者スキルをキーにして、裏メニュー的なことができるのを、システムを調査していて発見した。

これは権限確立した時にできること一覧みたいなのが頭の中にインプットされるんだけど、その項目の中にもなかったものだ。

つまり、システムを私みたいに詳しく調べなければ知りようがないことでもある。

そこまでやってようやく知れる裏メニュー。

その中にありましたよ。

システム自壊プログラム。

やっぱりと言うか、あの性悪のDが考えただけあって、攻略のための裏道が用意されてた。

それがちゃんとやり方までご丁寧に説明書付きで存在してるんだから、笑うしかないよね。

コツコツと表メニューでエネルギーを蓄えていたのは何だったのかって気分になる。

私でさえそうなんだから、実際にコツコツ溜めてきていた魔王とか教皇はどんな気持ちになることやら……。

まあ、魔王はもうダメかも、って諦めかけてたところに光明が見えて喜んでたからよかったけど。

この方法をもっと早く知ってればっていう思いもたぶんあると思うんだよね。

だってこれ、システムができた直後に発動させてれば、世界は再生してたってことなんだもん。

こんな長々と表メニューで生きて死んでエネルギーを渡して、って辛い思いをしなくても済んだんだから。

きっと長い歴史の中では悲劇なんて腐るほどあっただろうし、魔王や教皇はそれをずっと見てきただろうから。

それらが起きなくてもよかったものだったかもしれないと知るのは、やっぱり辛いことだと思う。

まあ、過去は変えられないから、いくら考えたところでたらればなんだけどね。

私にできることは過去の悲劇を変えることじゃなくて、未来を最善にすること。

過去の悲劇を変えるのはタイムトラベラーにでも任せよう。

そんなことができるのがいるのかもわからんけど。

Dのめちゃくちゃ具合を知る身としては、できてもおかしくないんじゃないかって思っちゃうけどね。

少なくとも私にはできん。

できないことにこだわるよりかは、できることをしていかなきゃ。

が、しかし！

私一人ではどうしようもないことがある！

それが、支配者スキル持ちを増やすということ。

支配者スキルはキーになる。

実はこのシステムの裏メニューである自壊プログラム、発動させるには支配者スキル全てのキーが必要なのだ。

す　べ　て　の　キ　ー　が　必　要　！

はいムリゲー！

だって現在支配者スキルのいくつかは空位になってるんだもん。

さらに言えば、支配者スキル持ちの中に、絶対に私たちに協力するはずがないやつが一人いる。

そう、ポティマスだ。

あいつは、もう、どうして行く先々で私たちの邪魔をするんだ！

存在自体が邪魔すぎる！

この裏メニューの起動方法を知った日の私の気持ちがわかるだろうか⁉

途方に暮れたよ！

でも、諦めたらそこで試合終了ですよって、偉い監督も言ってたじゃないか。

私は何とかできないもんかと悩んだ末、裏技を使うことにした。

キー、鍵、開ける……。

ピッキングだ！

……何言ってんだお前って思ったそこのあなた！

正攻法が通用しないのなら裏技を使うしかあるまい！

そもそも裏メニュー自体が裏技なんだから、それにさらに裏技を使ってもいいじゃないか！

ていうかね、実際そうでもしないと全部の支配者スキル持ちからキーをもらうなんてできないって。

とりあえず私は、支配者スキルを獲得できそうな人物に目星をつけ、マーク。

できたら勧誘することにした。

味方ですでに支配者スキルを持っていたのは、魔王の暴食、吸血っ子の嫉妬、鬼くんの憤怒。

この三つ。

それから私は魔族の軍団長クラス、人族の有名人、そして私たちと同じような転生者、などに絞って、監視を始めた。

諜報用分体大活躍ですわ。

すると、ほどなくしてメラがなんと忍耐を獲得した。

ちょっとびっくり。

メラって元はただの一般人なんだよ？

それが吸血鬼になったりとか波瀾万丈な人生を送っているとはいえ、まさか支配者スキルを獲得するまでに至るとは。

支配者スキルって獲得するのメッチャハードル高いはずなんだけどなー。

だって、勇者ユリウスですら持ってなかったわけじゃん？

人族の頂点とも言える勇者が持ってないって、激レアスキルじゃん。

……神化前は四つ、叡智(えいち)入れたら五つ持ってた奴(やつ)が何言ってんだって言われそう。

そういえば叡智ってどうやら完全に私専用スキルだったっぽい。

あれ手に入れたのは鑑定と探知がカンストした時だったけど、同じ条件を満たしてる魔王が叡智ゲットしてないし。

と、話がそれた。

とにかくメラ頑張った。

超頑張った。

その調子で頑張り続けてくれ。

忍耐だよ忍耐。

ただの人間の力、見せてくれ。

今は人間じゃなくて吸血鬼だけど。

その後、人族のほうで夏目くんがやらかしたんだよね。

山田くんのこと逆恨みして殺害を企てたんだよ。

まあ、先生のおかげで未遂で終わったんだけどね。

さらにその先生が支配者権限を使って夏目くんのスキルを消しちゃうおまけ付きで。

支配者権限を使ったってことは、先生も支配者スキル持ちだと確定。

しかも権限確立させてる。

先生が禁忌をカンストさせてるはずもないので、権限の確立方法はポティマスに聞いたんだろうな。

あいつも権限は当然のように確立させてるはずだし。

先生が持ってる支配者スキルは、七美徳スキルの救恤だと思われる。

かつて私が持ってたやつだね。

私がゲットした時は、人助けしまくったおかげで称号ゲットして、そのおまけでポロッととれちゃったんだよね。

先生が同じルートでとったのか、はたまたスキルポイント使ってとったのかは不明。

まあ、大事なのはどうやってとったのかじゃないからどうでもいいわな。

ポティマスがいる限り先生に下手な手出しはできない。

だから、先生が支配者スキルを持っているってことは、一個私が使えるキーが減ったってことでもある。

これは痛い。

が、しょうがない。

全部のキーを集めるのは最初っから不可能なんだしね。

しっかし、先生も無茶したもんだよ。

支配者権限の中でもスキルの消去なんてかなり魂を消耗させる。

普通だったら魂が大きく傷ついて、自身もスキルを失ったりステータスが大幅に下がったりしてたはずだ。

それなのに先生が無事なのは、皮肉にもポティマスのおかげだったりする。

先生にはポティマスの魂の一部が寄生している。

これは先生だけじゃなくてエルフ全員に言える。

たぶんそれがポティマスの持つ七美徳スキル、勤勉の効果なんだと思う。

寄生した相手を乗っ取り、自分の分体として活動させるっていう。

一度乗っ取られたらもう元には戻らない。

つまり、実質先生はポティマスに人質として取られていたようなものだっただった。

ここで夏目くん暴走事件ですよ。

支配者権限を使って魂を消耗するはずだった先生だけど、その魂の消耗を、まさかの寄生していたポティマスの魂が肩代わりしたのだ。

これはポティマスも想定外だったと思う。

おかげで先生に寄生しているポティマスの魂は大幅に弱体化し、先生を乗っ取ることは難しくなった。

難しくなったっていうだけで、絶対にできないってわけじゃないところはまだ不安だけどね。

とは言えこれにはポティマスざまぁ！　と喝采を上げたね。

そしてこの事件はそれだけじゃなく、さらに私にとっては追い風となった。

夏目くんをこちら陣営に洗の……もとい勧誘することに成功したのだよ。

洗脳って言おうとしなかったかって？

気のせい気のせい。

さっき紹介しなかった洗脳分体とか存在しませーん。

指先サイズの極小蜘蛛が夏目くんの脳内にいるなんて、そんなホラーチックなことがあるわけないじゃないかー。

はっはっは。

どうせあのまま放っておいたらまた暴走して今度こそ処刑コースになってただろうし、それだったら私が有効利用してもいいじゃん？

そしたらまさかの大当たりで、色欲と強欲、二つも支配者スキルをゲットしてくれたんですよ。

お買い得だったわー。

色欲の洗脳を使えばいろいろ悪さもできたし、あの時の自分の判断は間違ってなかったと断言できるね！

まあ、夏目くんを洗の……ううん！　説得してる時に、山田くんの妹ちゃんに目撃されちゃったのは予定外の出来事だったけどね。

一瞬口封じって単語が頭の中に浮かんだけど、よくよく考えてみたら妹ちゃん、転生者である山田くんに引けを取らないくらい優秀なんだよなってことを思い出した。

それならワンチャン支配者スキル取れるんじゃね？

ということで、山田くんには手を出さない代わりに協力しない？　って優しく語り掛けてあげた。

山田くんラブなブラコンの妹ちゃんは、その脅し、イヤイヤ、違った違った、説得だね、説得、
そうその説得に快く応じてくれたよ。

残念ながら支配者スキル獲得には至らなかったけどね。

まあ、細々としたことに協力してもらった見返りとして、約束通り山田くんに手出しするのはやめておいてあげた。

私はな！

夏目くんがしないとは約束してないしー。

それにちゃんと命は保障してるしー。

約束は破ってない。

まあ、冗談はさておき、きちんと協力してくれた報酬としてシステム崩壊の余波に巻き込まれないようにしてあげようと思う。

実の父親殺害するなんて、割と酷いことさせちゃったしね。

一応あの時だけ夏目くんに洗脳させて、無理やりやらせたってことにしたわけだけど、心の傷にはなってるかもだしなー。

で、夏目くんの洗脳の力を使って転生者である大島くんとか長谷部さんを洗脳して、支配者スキルゲットしてないかをチェック。

ゲットしてたら洗脳してる隙にキーを奪っちゃうつもりだったんだけど、残念ながらゲットしてなかった。

山田くんは妹ちゃんとの約束もあるし、手を出さないでおいた。

天の加護の件もあるしね。

下手に手を出すと変なことになりそうで怖かったのもある。

その山田くんが慈悲を持ってたのは痛手だなぁ。

妹ちゃんとの約束なんか無視してキーを奪ってればよかったか……。

まあ、過ぎたことは言ってもしょうがない。

漆原さんも山田くんにだいたい張り付いてたから、同じく手出しできず。

というわけで、人族の学園に通ってる転生者たちはそんな感じ。

あとは在野にいた転生者の田川くんと櫛谷(くしたに)さんだけど、この二人は冒険者として各地を巡ってて、戦闘もそれなりにこなしていた。

それを見た限りでは支配者スキルをゲットした様子はなく、そのまま見張るだけにとどめていたんだけど、大戦の折にメラと激突し、そのあと先生に案内されてエルフの里に行ってしまった。

止めようと思えば止められたのかもしれないけど、あの時点で私たちが介入するのも不自然だし、戦後処理で忙しかったこともあってそのままスルーしたんだよね。

あと、実は教皇のところにも草間(くさま)くんっていう転生者がいるんだけど、草間くんも支配者スキルは持ってないのでスルー。

え？　草間くんの扱い軽すぎ？

草間くんてそういうキャラだししょうがない。

残りの転生者はまとめてエルフの里に監禁されてるし、そんな境遇で支配者スキルゲットができるとも思えないのでスルー。

というわけで、現状の支配者スキル持ちはこうなった。

憤怒、鬼くん。

嫉妬、吸血っ子。

強欲、色欲、夏目くん。

暴食、魔王。

傲慢（ごうまん）、怠惰、空位。

慈悲、山田くん。

忍耐、メラ。

勤勉、ポティマス。

救恤、先生。

節制、教皇。

謙譲、純潔、空位。

十四の内、キーをゲットしているのは六。

空位が四で、うち以外の陣営が所持しているのが四つ。

できれば半数くらい押さえておきたかったところだけど、ここら辺が限界かなー。

あとはピッキングでなんとかするしかない。

でだ。

そのピッキングの難易度なんだけど、どうも支配者スキルの状態で変わってくるらしい。

具体的には、権限確立済み＞権限未確立＞空位、という順で難易度が高い。

空位が無防備に鍵穴の近くに鍵が落ちてるくらいな感じなのに対して、支配者スキル持ちがいると、その鍵を持ち歩かれてしまうので難易度が高くなる。

さらに権限を確立されてしまうと、鍵穴のほうに防犯対策が施されちゃう感じか。

この難易度の差があるからこそ、私は慈悲を誰かがとったということを察知することができた。

つまり今現在最難関となるのは勤勉と節制と救恤の三つ。

次いで慈悲。

この四つさえどうにかできれば、たぶん空位の四つもなんとかなる。

勤勉はこの後ポティマスをぶっ殺すので、空位になることが決定している。

ここをこじ開けるのはその後でいいだろう。

救恤は、ポティマスをぶっ殺した後なら、先生を説得するチャンスがある。

その説得に先生が応じてくれるか否かはわからないけど、チャンスがあるならその時を待ったほうがいい。

というわけで、こちらもポティマスをぶっ殺すまで我慢。

節制は、割とどうしようもないんだよなー……。

ここは、しばらく放置で。

ポティマスをぶっ殺した後の状況を見て判断しよう。

となると、最優先は慈悲となる。

山田くんが権限を確立させちゃう前にこじ開けておいたほうがいい。

山田くんが禁忌をカンストして、こっちに協力してくれるならそれでいいけど、そうじゃなかったら面倒なことになる。

先にこじ開けておいたほうが危険は少ない。

そして、空位の残り四つも。

ここまで粘ってみたけど、これ以上引き延ばしても手持ちの誰かが支配者スキルをゲットする率は低いと思う。

むしろうちの陣営じゃない誰かにとられる率のほうが高そう。

うちの陣営でとれそうな人でも、エルフの里での戦いで命を落とすことも十分考えられる。

それは吸血っ子や鬼くんのような、すでに支配者スキルを持っている人たちでも。

そして、彼らが死ねばまた支配者の座は空位となる。

そうなる前に、すでに確保している分だけでもキーを開けておいて、開けっぱにしておこう。


「というわけで、私はちょっとその作業をこなしに行ってくる」

「んー。それはいつも通りに、そのシステム関連分体とやらに任せておくことはできないの？」

報連相は大事ということで、出発前に魔王に報告してます。

場所は馬車ならぬ蜘蛛車の中。

アークタラテクトの背中の上に籠（かご）が乗っているという、いろんな意味で豪華な乗り物だ。

「ムリ。さすがにこんな大事な役割、本体が別の場所にいてリモートでやるのはリスキーすぎる」

「そうかー」

まあ、魔王が私を引き留めたい理由もわかる。

魔王にとってポティマスとの戦いっていう大一番を控えた大事な時期。

敵の情報をいち早く察知できる諜報能力を持ち、転移でどこへでも急行できるし、なんだったら部隊ごと派遣できる力があり、うちの陣営で最高の戦力である私を手元に置いておきたいって気持ちは。

は⁉　私の優秀さが怖い！

私ってば優秀すぎじゃない⁉

大丈夫これ？

チート判定されてバンされない？

それぐらい優秀すぎて自分が怖いわー。

「白ちゃん……。またアホなこと考えてるでしょ？」

「ソンナコトナイヨー」

「白ちゃんがそう言う時はたいていい図星さされた時だよね」

「ソンナコトナイヨー」

魔王が大げさに肩を竦める。

むう。遺憾の意を表明する！

ついでに魔王軍っていう超絶ブラックな会社を訴えてやる！

社長である魔王はすぐ私に慰謝料を払うべきだ！

「……」

なぜか魔王が私の手を取ってグイッと引っ張ってきた。

お、おお？

なすがままになっていると、なぜか横たえられ、魔王が出した糸でもこもこ状態にされる。

糸が綿みたいな形状になって、それで全身を包まれているのだ。

おおお？

「行くのは明日にしときな。今日はそこで寝ること」

寝るの？

このもこもこ状態で？

イヤ、もこもこしててすんごく寝心地よさそうなんだけどさ。

仮にも魔王の乗り物の中で、こんなもこもこファンシーな恰好で寝るのって、威厳とかそこらへんどうなの？

「白ちゃん、自分では気づいてないかもだけど、すっごい疲れた顔してるよ？」

「マジか」

顔に出てたか。

さすがにここ最近は激務すぎたしなー。

神でも肉体があるからには疲れもする。

ちょっとムリをしすぎたか……。

「でもあんま時間ないし……」

「疲れてボーッとして失敗するほうが危ないって」

正論！

疲れてるとパフォーマンスは落ちるから、適度に休憩を挟んだほうが仕事の効率は上がるっていうしなー。

「うん。分体とかも必要最低限だけ残して、あとは全部休息させな」

「じゃあ、お言葉に甘えて」

「えぇ……」

それやっちゃうと世界中の監視網が一時的にストップしちゃうってことなんだが……。

「返事は？」

「……はい」

なんか今日の魔王は強引だな。

これは力ずくで私を全力で寝かせるつもりだぞ。

「……私もさ、白ちゃんに頼り切っちゃってる自覚はあるんだよ」

「ん？」

なんか魔王がちょっと自己嫌悪に陥ってるような表情で言ってきた。

「だからさ。その白ちゃんがこんだけ疲れてるの見ちゃうとね。休んでほしいって思うわけ」

「……私は好きでやってるんだから。そんな顔しないでよ」

「ごめん。じゃないな。こういう時はありがとうって言うべきか」

「そうそう」

「全部終わったらさ、もう一回ありがとうって、改めて言いたいんだ。だからさ、その前にぶっ倒れないでよ？」

「ＯＫボス」

そういうことなら、寝る！

全力で寝る！

おやすみ！

間章　孫の過労を労わるおばあちゃん

スウスウと安らかな寝息を立てる白ちゃん。

白ちゃんがこうして無防備に寝ている姿を見るのは久しぶりのことだ。

そもそも白ちゃんが無防備に寝ていることはまれだ。

神化した直後で、力を失っていた時期くらいしか知らない。

その時期でさえ、初期の頃は警戒心が強く、ちょっとのことですぐ目を覚ます感じだった。

それがだんだんとこっちのことを信用し始めたのか、あるいは力を失っているから警戒してもしょうがないと開き直ったのか、次第に熟睡するようになっていった。

魔族領で寝泊まりしていた公爵邸では、それこそぐーすかしていたらしい。

でも、それも力を取り戻し始めたあたりで少なくなった。

そこからさらに完全に寝顔を人にさらさないようになったのは、システムを破壊してこの世界を救うと決意してからだと思う。

それからずっと、白ちゃんは休むことなく走り続けている。

本当はぐーたらしているのが好きなくせに……。

その在り方は、初代怠惰の支配者を思い出させる。

ぐーたらするのが好きだったくせに、ずっと働き詰めで過労死してしまった、初代怠惰の支配者を。

私はその時、何もできなかった。

今よりもずっと弱かったから。

イヤ、今だって白ちゃんに頼りきりで、何かできているとは言い難い。

しょせんこの身はシステムの内側にある。

システムの外側のことに対して、私ができることは少ない。

こうして白ちゃんを無理やり寝かせるのがせいぜい。

それが歯がゆい。

もっと力になりたい。

というか、本来部外者であるはずの白ちゃんに、いろんなものを押し付けているようで心苦しい。

白ちゃんだけじゃない。

ソフィアちゃんにラースくん。

転生者ではないけどメラゾフィスくんも。

協力を惜しまないでくれている。

恵まれていると思う。

もしかしたら、初代支配者たちに囲まれていた、あの時と同じか、それ以上に。

あの時、私はただ守られているだけの弱い存在でしかなかった。

でも、今は違う。

強くなった。

戦えるように、ポティマスを倒せるように。

白ちゃんの手伝いはできない。
けど、私は私のできることを精一杯しよう。
それが、協力してくれるみんなに対する最低限のお返しになる。
そして、全てを成功させることこそ、みんなに対する最大の感謝になる。
サリエル様。
もういなくなってしまった、初代支配者のみんな。
見ててください。
私の手で、この世界を救って見せます。
必ず。
そして、願わくばそれを白ちゃんたちと一緒に祝いたい。
だからさ、白ちゃん。
あんま無茶ばっかしないでね？

8　システムに喧嘩を売るお仕事

もこもこの寝心地さいこー。

おかげですっきり。

疲れが取れました。

「おはよう」

もこもこから這い出す。

「ちゅーわけで、今度こそ行ってきまーす」

「うん。あ、その前に、はいこれ」

うん？

魔王から何かを手渡される。

「……これ」

「必要でしょ？」

手渡されたものは、たしかに必要なものだった。

「ありがとう。助かる」

「助けられてるのはこっちだからね。気にしないで」

でも、これでだいぶ作業が楽になるのは確かだ。

「私ができることなんてこれくらいしかないからね」

……それこそ気にすることないのに。

私がこの世界救おうと思ったのは、他ならない魔王のためなんだから。

「じゃあ、行ってきます」

「行ってらっしゃい。気を付けてね」

……なんか今の会話、家族みたいだったな。

ちょっと照れる。

誤魔化すように慌てて転移実行。

やってきたのは、不思議な空間。

ここここそが、システムの中枢。

幾何学模様を描いた巨大な魔術陣が床に広がっている。

さらに壁や天井にもそれは広がっており、淡く発光して幻想的な光景を作り上げていた。

そして、その中心には、下半身が空間に溶けるようにして消えた、魔術陣にまるで宙づりにされて縛られているかのような姿の女性。

女神サリエル。

システムの核として、生贄としてこの世界に捧げられた、魔王が「お母さん」と呼んだ大切な人。

『熟練度が一定に達しました』

『経験値が一定に達しました』

『熟練度が一定に達しました』

そして、女神の口が動いていないにもかかわらず、この空間内に不協和音のように折り重なって響く声。

神言教が神の声として崇める、システムからのメッセージ。

ここに来ると不快感がすごい。

何がというか、この空間内のありとあらゆる光景が私を不快にさせる。

それは過去の人間たちの身勝手さが透けて見えたり、あるいはあれだけ魔王に慕われ、救われることを望まれながら、本人はそれを望んでいない女神に対するものなのかもしれない。

「……」

頭を軽く振って雑念を振り払う。

幻想的な空間の中に、ポツポツと白い蜘蛛の姿が見える。

私のシステム関連分体たちだ。

そのシステム関連分体たちは、すでにスタンバイ完了している。

女神を中心にして、壁に十四の目立つ魔術陣がある。

その魔術陣が、鍵穴だ。

そこにキーを差し込んでいけば、ロックを解除することができる。

まずは、キーを手に入れている七つのロックを解除する。

元から手に入れていたキー六つと、出がけに魔王から新たにもらったキーで。

ここまでは正当な手順でロックを解除したから問題なし。

問題はここからだ。

システム関連分体を動かし、空位になっている支配者スキルに相当する魔術陣に接触する。

これからピッキング開始だ。

『異常検知』

だが、それを遮る鋭い声。

それはさっきから不協和音のように響いていた声とは異なり、はっきりと女神の口から発せられていた。

『外部からの干渉を確認。防衛機構発動』

……やっぱ、こうなるか。

女神の周囲に力が集まっていく。

防衛機構とやらが発動するのだ。

まあ、私がやってることって泥棒みたいなもんだからね。

ホームセキュリティが発動するのは致し方なし。

ぶっちゃけ、こうなることは予想していた。

というのも、私はすでに一度この防衛機構を発動させてしまっているのだ。

それは、大戦のおり、勇者という仕様を撤廃しようと試みた時のことだ。

その時も今と同じように防衛機構が発動し、システムに干渉しようとしていたシステム関連分体が物理的に排除されてしまったのだ。

おかげで勇者という仕様を撤廃させることに失敗し、新たな勇者山田くんを誕生させてしまった。

今回私が本体でここに来たのは、防衛機構が発動するのを見越して、それを打ち破るためなのだ。

これぱっかりは戦闘能力のないシステム関連分体では務まらない。
女神の周囲にエネルギーの塊が集まっていき、それらが実体を伴った黒い人型になる。
それは真っ黒な、かろうじて人型とだけわかるようなシルエット。
それが十二人。
これを人と数えていいかは疑問だけど。
『排除開始』
と、どうでもいいことを考えているうちに、女神の号令で一斉に動き出す人影たち。
人影たちはまっすぐに私に向かって、って、速⁉
半歩横にずれた私の顔のすぐ近くを、風を切るようにして拳が通り抜けていく。
人影の内の一人がものすごいスピードで私に接近し、パンチをお見舞いしてきたのだ。
メッチャ速かった！
超速かった！
ビビったー！
あー、ビビった。
ちょっと油断してたかもしれないな。
私も神の力をかなり使いこなせるようになってきて、慢心してたのかもしれない。
あんなモーションまるわかりのテレフォンパンチをくらいそうになるなんて。
って、また来た⁉
さっきと同じ人影が再び突っ込んでくる。

洗練された動きとは程遠い、粗野で野性味あふれる突撃。
だっていうのに、そのすさまじいスピードだけで脅威だわこれ！
しかし、一直線に突っ込んでくるだけなので、避けるのは簡単。
さっきと同じように横にずれて躱す。
人影が通過していった後に、ゴウ！　という音が通り過ぎていった。
音が後から来るって、音速超えてるってこと⁉
あの人影、スピードだけなら魔王を超えてるんじゃないか？
と、感心する私に見えざる刃が迫る。
おっと、人影はあの速いのだけじゃないんだった。
これは、まさか糸⁉
私に迫ってきていたのは視覚では捉えられない、極細の糸だった。
それが十本。
どうやら人影の一人が手の指から各一本ずつ糸を出し、操っているようだ。
ふ。この私に糸で勝負を挑むとは！
身の程知らずめ！
返り討ちにしてしんぜよう！
というわけで、私も同じように手の指から一本ずつ糸を出し、人影の糸を迎撃。
はっはっは！　そんな糸裁きでは私の足元に、も、およ、およよ⁉
まさかの互角！

バカな⁉

この私と互角にやりあう糸使いだと⁉

鞭のように叩き合い、糸を絡めて止めようと互いに牽制し合い、相手の糸を切断しようとし合い。

その攻防はまったくの互角だった。

そうしているうちに三度目のスピード人影の突撃！

糸人影との戦いをいったんやめ、距離をとって逃れる。

その私の背後に唐突に現れる別の人影。

こいつ、いつの間に⁉

振り向いている暇はなかったので、背中から闇の槍を発射。

あんま見栄えはよくないけど、魔術は体のどこからでも発射できるのだ！

不意打ちをしようとしていた人影に、カウンターで完全な不意打ちを決められた！

と、思ったら、現れた時と同様、その人影は唐突にフッとかき消えてしまった。

今度はちゃんと気配を探知して、その消えた原理を解明したぞ！

あの人影、自分の体を霧状にして、あたかも消えたように見せてるんだ。

その証拠に、霧が集結してまた人影を形成した。

なんだその吸血鬼っぽい能力⁉

吸血っ子もたしか同じことできたよな⁉　吸血っ子もメラもあんまやらないけど！

って、糸ー⁉

糸が逃げ場なく私を取り囲み、捕獲せんと迫ってくる。

退避！　転移で！

短距離転移で逃れる。

ふう。仕切り直し、ってうおう⁉

スピード人影がかすっていった⁉

ちょっとタンマタンマ！

一回落ち着かせて！

空間遮断！

四方の空間を遮断し、立方体の箱の中にいるかのようにバリア的なものを形成。

空間を遮断しているため、物理攻撃でも魔法攻撃でも破壊することは不可能。

外から解除するためには私と同じく空間魔術に精通していなければできない。

つまり、ほぼ無敵のバリアなのだよ。

ただし、完全に音とか光も遮断しちゃうため、私も外の様子はわからなくなるのが欠点。

とりあえずこれで敵の攻撃は防げる。

その間にちょっと落ち着こう。

防衛機構の人影が思った以上に強い件。

私の油断とか慢心とかもあったかもしれないけど、それにしたってここまで追いつめられるなんて異常じゃない？

私これでも神ぞ？

能力的にはすでにアラクネ時代より相当高くなってるはずなんだけど……。

今の私の強みは空間魔術だから、ステータスで換算すればたぶん魔王よりかは下になる。

それでもステータス換算で五、六万くらいはあるはず。

それなのに対応しきれないってどういうこっちゃ？

まるで魔王クラスのやべーのを何人も相手にしてるかのようだわ。

イヤ、さすがに魔王よりかは個々の力は下だけどさ。

吸血っ子とか鬼くんとかクラスか？

うん、それがしっくりくるな。

それが十二人……。

しかも、今のところ確認できたのはスピード人影と糸人影と霧人影の三人の能力だけ。

他の九人はまだどんなのかすらわからない。

前三人があれだけ個性的なことを考えれば、残りの九人も画一的な量産タイプってわけじゃないでしょ。

なんかしらやべー能力があると思ったほうがいい。

さすが、システムを守る防衛機構ってか。

どうしようもない絶望感みたいのはないけど、思ったより苦戦しそうだ。

よし！

だいぶ落ち着いたぞ。

気合い入れなおしていこう。

……とりあえず、このままバリアを解除するのは危険なので、転移でバリアの外の離れたところに直接飛ぶことにする。

光が一切ささない無音の空間から解放される。

そして真っ先に目に飛び込んできたのは、うーわ、なんかすっごい群れてる……。

私がさっきまでいた立方体の空間遮断ボックスが見えなくなるくらい、みっちりと黒いシルエットの獣が群れていた。

さっきまであんなのいなかったぞ……。

どっから湧いて出てきたんだ……。

と、思ったら、いたよ、原因が。

人影の一人がポコポコと獣を生み出していた。

あいつが犯人だわー。

あいつ放っておくとあの獣が無限湧きしてくるんじゃ……？

最優先で倒す必要がありそうだな。

と、その前に……。

空間遮断の壁を前面に展開する。

そこに勢いよく衝突するスピード人影。

こんな短時間に何回も同じ事されたら、どれだけスピードがあろうと慣れもするってーの。

スピード人影はその自慢のスピードで空間遮断壁に衝突し、その反動をもろに受けた。

普通の壁だったら衝撃のいくらかは壁に吸収されるところだけど、空間遮断壁は物理的な壁ではなく、空間が遮断されてできたもの。

ぶつかれば、その時の衝撃は全(すべ)てぶつかった側(がわ)に跳ね返る。

スピード人影がずるりと力なく頽(くずお)れていく。

まずは一人。

……と思ったら、後ろのほうにいる人影から光が飛んできてスピード人影に直撃。

スピード人影がむくりと起き上がる。

げげ。ヒーラーがいるのか……。

回復手段があるってことは、あのヒーラー人影を潰(つぶ)さないと回復されて面倒そうだな。

獣を召喚している召喚人影とヒーラー人影。

優先して倒すべきはこの二人だろうけど、どっちから先に潰すべきか。

やっぱヒーラーかな。

召喚人影から先に攻撃しても、ヒーラー人影に回復されちゃったら意味ないし。

ヒーラー死すべし。慈悲はない。

というわけで、復活したスピード人影や、糸人影、霧人影、一斉に押しかかってきた獣の群れを躱しつつ、ヒーラー人影を狙(ねら)う。

スピード人影は単調な突進しかしてこないし、糸人影もムリに糸で対抗しようとしなければやり過ごすのは可能。

霧人影はちゃんと注意していれば、出現する瞬間がわかる。

さっきは初見でいきなり同時に攻撃をくらったから対応しきれなかったけど、種が割れればこんなもんよ。

いっぱいいる獣はというと、大したことはない。

というか、はっきり言うと弱い。

こっちが牽制でバラまく闇魔術で一掃できてしまうくらいだ。

人影たちの強さに比べると、格段に劣る。

だからこそ召喚人影が無制限に呼び出せてるんだろうけど。

倒した端からポコポコ湧いて出てきてうざったいことこの上ない。

しかも、妙に連携がとれている。

その原因は、召喚人影の横でこちらを指さして、手ぶりで何か指示してる感じの人影のせいだろう。

指揮系の能力かな?

それだけじゃなくて能力上昇のバフみたいなのもかけてるかもしれない。

その指揮人影が獣含む他の人影たちに指示を出しているせいで、連携して襲ってくるっぽい。

あいつも地味に厄介だな。

とは言え、まずはヒーラー人影だ！

断続的に襲い掛かってくる獣やらスピード人影やらの隙をつき、闇の槍をヒーラー人影に向けて放つ。

闇の槍はヒーラー人影に向けてまっすぐ進んでいき、ヒーラー人影の前に立ちはだかった別の人影にガードされた。

盾を持った人影だ。

私の魔術を防ぐなんて……。

やっぱこの人影ども、相当強いな。

一人だけでもステータス換算で万単位の、魔物で言うところの神話級に相当する強さなんじゃないか？

そんなのが十二人もいるって、システムの範囲内の強さだとかなり攻略は厳しいんじゃ？

魔王ならなんとか……。

イヤ、魔王でもソロはきついか？

人形蜘蛛とかの配下を引き連れてくればなんとかってところかな？

魔王ですらそんな感じなんだから、普通は攻略不可能だよなー。

不正は許しませんってことか。

まあ、私はやるけどな！

ヒーラー人影が真っ二つになる。

空間遮断で、ヒーラー人影を切り裂いたのだ。

空間を遮断しているわけだから、物理的に防御することは不可能。

対処するにはやっぱり私と同等以上の空間能力で抵抗するか、避けるかしかない。

ただ、私は空間能力に関してはかなり自信があるし、避けるにしても前兆がないから事前に察知して回避するのは至難。

まあ、つまり、発動したらほぼ即死の理不尽攻撃ってことですよ。

今度こそ一人。

……と、思ったら。

真っ二つになって倒れたヒーラー人影に、ふくよかな見た目の人影が駆け寄り光を当てる。

そして何事もなかったかのように復活するヒーラー人影。

おい。

蘇生もできるんかい。

しかも、ヒーラー人影とは別にいるんかい。

聞いてないんですけど？

おいおいおいおいおい！　システムさんよー！

いくらシステムの中枢の防衛機構だからって言って、この世界じゃやっちゃいけないことの筆頭とも言える蘇生を持たせるのはいかがなもんですかい？

だってこの世界って死ななきゃエネルギーが回収できないんだから、それを阻止しちゃう蘇生はタブーっしょ。

ルール違反とまでは言わないけど、マナー違反ではある。

そのマナー違反を、システム側がやらかすっていうのはいけないんじゃないですかー？

スキルでも蘇生ができるのは山田くんが持ってる慈悲だけだっていうのに。

ゲームバランス壊れるー。

運営からの違反者に対するペナルティーだと思えば適正なのか？

即座に垢バンされないだけ恩情なのか？

Dの力をもってすれば、私なんか一瞬で消し去るくらいのペナルティーは課せられるだろうし。

それがないってことは、この難易度でもまだ手を抜いてるってことだもんなー。

そして手を抜くってことは、Dとしては攻略させる気がまだあるってことだ。

難易度調整盛大にミスってる気がするけどな！

それとも何か？

Dとしてはこのくらいクリアしろという無茶振りなんだろうか？

……あー、でも、ありえるなー、それ。

Dはこの世界が停滞していて飽きて放置してた的なこと言ってたし。

つまりこの世界の人々は、Dの要求する水準に達することができなかったってわけだ。

さすが邪神様。

極悪難易度押し付けておいて、それがクリアできなかったら関心なくしてほっぽり出すとか……。

身勝手すぎやしませんかねえ？

まあ、それが許される、ていうか許さざるをえない力を持ってるってことなんだろうなー。

実際私は文句も言えないわけだし。

力こそが正義！　を地で行くとダメなパターンの見本……。

この世界がこんな窮状になってるのって、やっぱDのせいなんじゃね？

Dの要求水準が高すぎたせいで、クリア難易度が高すぎたとか……。

それじゃ、魔王とか教皇とかが一生懸命活動してても報われてないのが納得できる。

なんかそう考えたらムカムカしてきたぞ？

なんであの腐れ外道の無茶振りのせいで魔王が苦労せにゃならんのじゃ。

ていうか現在進行形で私が苦労してるし！

空間遮断でスピード人影を両断する。

が、直後に糸人影と霧人影、さらに無数の獣の猛攻を受けて回避に専念させられる。

そして回避に専念している間に、スピード人影が蘇生人影によって復活。

さっきからこの繰り返し。

スピード人影をしとめる回数が一番多いけど、糸人影と霧人影も何回か倒している。

でもそのたびに復活されてしまっている。

空間遮断で即死させれば蘇生人影が、ミスって即死させられなかった時はヒーラー人影が、それぞれ回復を担当している。

おかげでこっちはずーっとモグラ叩(たた)きをしてる気分になってくるよ。

どうやら蘇生が使えるのはあの蘇生人影だけらしく、ヒーラー人影も使っていない。

だから蘇生人影さえなんとかできればグッと楽になるんだけど、それは相手も承知のこと。

蘇生人影は徹底的に他の人影によって守られている。

盾人影と、結界人影、二人がかりでガードしていた。

空間遮断ならばタンクがいようが、そんなの関係なしに標的だけを仕留めることができる。

……はずだったんだけど、現実には対処されてしまっていた。

距離も相手の防御力も無視して即死攻撃を叩き込める空間遮断をどうやって防いでいるのか？

原理的には龍が持つ魔法阻害効果と一緒。

龍の鱗(うろこ)や結界系に属するスキルが持つ魔法阻害効果は、魔法の構築に干渉して効果を下げる。

で、この構築というのは実は魔術でも変わらない。

理論上は魔法阻害ができるスキルならば、私の魔術も妨害できるってわけ。

ただし、それには相当な出力が要求されるけど。

私の魔術の構築に干渉しなきゃいけないわけだからね。

こちとらかつては魔導の極みを所持していた元魔法のエキスパートですよ？

魔法が魔術に変わっても、その力は衰えていない！　……はず。

それなのに、妨害されてしまっている。

盾人影と結界人影。

盾人影はわかりやすく盾を掲げてるし、結界人影もわかりやすい半透明のバリアっぽいものを展開している。

このバリアっぽいのが結界で、私の魔術が妨害されてるんだろう。

ただ、一人だけの力で私の魔術が無効化されているというのは考えにくいので、おそらく盾人影にも妨害効果があると思われる。

つまり二人がかりでこっちの魔術を潰しにかかってるってわけ。

私は大得意で特に意識せずともポンポン発動できる空間魔術だけど、その術式は高度でとても繊細なのだ。

二人がかりの妨害を突破することができないのは仕方がないのだ！

と、言い訳してみる。

実際、空間魔術はその性質上、発動の起点が空間になる。

その発動の起点が妨害範囲内だと、発動させようとした端から構築を分解されちゃうので、他の魔術よりも妨害に対して脆弱なのよね。

じゃあ、遠距離から普通に魔術で狙撃はというと、こちらもダメなんだけどね。

試しに闇の槍を放ってみるも、結界に直撃した瞬間大きく威力が下がったのがわかり、前に出た盾人影の盾に衝突すると、虚しく掻き消えてしまった。

むぅー。

こいつらの妨害能力がくっそ高い。

吸血っ子と同じくらいあるんじゃないか?

吸血っ子は嫉妬の支配者の称号のおかげで天鱗という、龍が持つ鱗系列のスキルの最上位スキルをカンストしている。

まあ、つまり魔法妨害系スキルの最上位ってことだね。

見た感じ、盾人影と結界人影の持つ妨害能力はその吸血っ子に匹敵している。

むしろ結界に至っては上回ってすらいないか?

なんて厄介な。

ホントなんなんだよこいつら……。

マジで一人一人が普通だったら一騎当千級の猛者じゃん……。

そんなのが十二人もいるっておかしいだろ……。

げんなりしてくる。

スピード人影、糸人影、霧人影、召喚人影、指揮人影、ヒーラー人影、蘇生人影、盾人影、結界人影。

　これで九人。

　残り三人はというと、一人が女神の前に陣取って未だ動かず。

　残りの二人は私のシステム関連分体を追い回している。

　片方はなんかいろいろな能力を持っているらしく、見てる限り全属性の魔法を使って逃げ惑うシステム関連分体に攻撃を仕掛けている。

　さらに念動なのか宙に武器を複数浮かべており、それらも剣やら斧やら槍やらと統一性がない。

　でも、わざわざ浮かべてるってことは使えるってことなんだろう。

　やたら多才だな。

　で、もう一人のほうはというと、これがよくわからない。

　なんか分体に仕掛けられてるのはわかるんだけど、全部レジストしちゃってるんだよね。

　不可視の攻撃を受けてる、ってことはわかるんだけど、その詳細がわからん。

　完璧にレジストできちゃってるから、正直無視してもいいんだけどね。

　でも、他の人影の力を見るに、たぶんレジストできなかったらろくでもないことになってたんだろうなーっていう予感はある。

　本体である私じゃなくて、わざわざ分体を狙っているからには、即死とかそういう物騒なものではないと思うけど。

　イヤ、逆に即死とかもありえるか？

　見た目弱そうな分体から片付ける作戦。

でも効いてないしなー。

それなら無駄に分体の相手してるよりも、こっちの加勢に来たほうがなんぼかマシな気がするんだけど。

なんて思ってたら、指揮人影がなんか手ぶりで指示して、こっちに向かわせやがった。

ふむ。

分体じゃ、何くらったのかわからなかったけど、本体なら解析もできるか？

分体の相手をしていた謎の人影がこっちに向かってきて、……何してんのこいつ？

なぜか変なポーズを決める謎の人影。

謎が謎呼ぶ謎のポーズ。

かっこつけてる、のだろうか……？

真っ黒いシルエットだから顔なんてわかんないんだけど、なんかウィンクとか飛ばしてきそうなポージング。

同時に分体にも仕掛けられていた謎の攻撃が飛んできたけど、やっぱり簡単にレジストできてしまった。

ん、んー……。

どう反応したらいいんだこれ？

ここまでガチバトルしてたところに、いきなりギャグ要素ぶっこまれても困るんだけど……。

謎人影がポーズを変える。

え？　これ、ホントにどう反応すればいいの？

なんか不可視の攻撃が飛んできてるってことは、あのポージングにも意味があるんだろうけどさあ……。

えーと、一応謎の攻撃の解析をしてみるか?

謎人影から飛んできている不可視の攻撃の正体を探ってみる。

……ああ。

これ、魅了系の攻撃だ。

相手を魅了して言いなりにする感じの。

ということは、あのポージングはかっこいいポーズだったのか……。

魅了攻撃の効果を高めるためなんだろうなぁ。

でも私蜘蛛(くも)なんで、異種族恋愛はちょっと……。

それにこれでも神ですし。

神って個として完成した生物だから、ぶっちゃけ生殖の必要がないんだよねー。

でもって死ぬことなんて滅多にないし。

生殖って自分の遺伝子を後世に残すためのものでしょ?

でも、神ってそもそも寿命なんざないし、死ぬことも滅多にないから生殖しなくても遺伝子そのまま本人が持ち続けてるし。

そんで恋愛感情っていうのは生殖に直結するもので、魅了っていうのはその恋愛感情に訴えかける状態異常で……。

まあ、つまりは、神には通用するはずもなく……。

地球の神話では割とドロドロの昼ドラ展開とかいっぱいあるけどね。

そこはそれ。

とりあえず私には縁のない話。

一応見るからに蜘蛛な分体に仕掛けているからには、異種族にも効くんだろうけど、さすがに相手が悪かったなあ。

ていうか、仮に私にそういう感情があったとしても、真っ黒なシルエットの人影がかっこいいポーズ取ってる姿に惚(ほ)れるとかないだろ！

せめて見た目がイケメンだったらまだ絵面的になんとかなったかもしれないけど、人影なせいでシュール極まりない光景にしかなってないわ！

イヤ、イケメンでもドンパチやってる最中にいきなりかっこいいポーズされたら、それはそれでシュールな絵面だけどさあ！

謎人影改め魅了人影は、その後も一生懸命ポーズを決めたり、ついには踊りだしたりしたけど、やっぱり私には効かなかったのだった……。

一人ポツンとショーを繰り広げている姿は、なんというか哀愁を誘う。

……とりあえず害にはならないから放置で。

分体を追いかけまわしている多才人影も、分体を追いかけている間はこっちに来ないので放置。

戦闘能力皆無なシステム関連分体では、多才人影の攻撃から逃げ切ることはできない。

けど、システム関連分体は多くいるし、逃げ切れなくても回避に徹すれば多少は時間を稼ぐことができる。

分体が全滅するまでそこそこ時間はかかると思われる。

それまでにこっちで他の人影を撃破し、戦況を有利にしておけば恐れるに足りない。

まあ、そのためには蘇生人影をどうにかしないといけないわけだけど。

その蘇生人影をどうにかするには盾人影と結界人影をどうにかしないといけなくて。

その盾人影と結界人影をどうにかするには、遠距離からの攻撃じゃ埒が明かないので近づかないといけないんだけど、それをさせじとスピード人影と糸人影と霧人影が邪魔をしてくるわけで。

だったらまずはその三人を片そうとすると、蘇生人影に蘇生されちゃい……。

堂々巡り。

ホントクソゲーだなおい！

前衛を務めている三人のうち、スピード人影は大したことない。

そのスピードには目を見張るものがあるけど、一直線に突っ込んでくるしか能がないような奴に後れを取るような私じゃない。

問題は残りの二人だ。

糸人影は、ものすごくやりにくい。

十本の糸を操り、変幻自在に攻めてくる。

しかも後ろに目がついてるのかってくらい、死角に潜り込んでも冷静に対処してくる。

そもそも黒いシルエットの人影に目がついてるのかっていう疑問には目をつぶっておく。

少なくとも他の人影はちゃんと顔を動かしてこっちを視認しようとするような動きをしているので、視覚は普通の人間みたいなんだろう。

特殊なのは糸人影だけだ。

こいつだけは視覚に頼らない感知能力を持っているらしい。

そのくせ、攻撃手段は視認の難しい極細の糸によるものときたもんだ。

イヤらしい！　実にイヤらしい！

しかも、じゃあ正面から打倒してやらあ！　ってノリで正面に立つと、なんか飛んでくるんだよなぁ。

魅了人影と同じように視認できない攻撃が。

おそらく魔眼か邪眼か、とにかく目で見ることで発動する類の能力だと思う。

糸人影の視界に入るとちょっとずつエネルギーを減らされてる感じがある。

おそらく呪怨の邪眼、かな。

呪怨の邪眼はＨＰとかＭＰとかを減らしつつ、ステータスを下げていくって効果だった。

神化したことで私はそれらステータスを失ったわけだけど、そのステータスの代わりに内部のエネルギーを直接減らされているようだ。

減る量は微々たるものなので、ダメージとしてはあってないようなものだけど、だからといってくらって気持ちのいいものじゃない。

自然と糸人影の視界から逃れるような行動を無意識のうちに取るようになり、そうなると相手が私の行動を読みやすくなるという弊害が発生している。

ダメージは少ないんだから無視しちゃえばいいし、実際そうするように心がけてるんだけど、やっぱり無意識に避けがちになっちゃうのはしょうがないんだよね。

イヤらしい！　実にイヤらしい！

しかもこいつ、空間遮断を避ける！

視覚に頼らない感知能力があるからだと思うけど、それでわずかな前兆を読み取って回避しやがるのだ。

おかげでなんも考えずにポンと発動するだけじゃ仕留められない。

フェイントやら他の攻撃と織り交ぜるやらしないといけない。

そうなると、余計な一手が増えるわけで、その分の猶予を相手に与えてしまうというわけ。

しかもしかも！

こいつたまに空間遮断くらっても耐える時があるんだよね。

どういう原理なのかわからんけど、お前それ絶対致命傷だよね？　って状態でも動いてきたりする。

その場合蘇生人影じゃなくて、ヒーラー人影の遠距離からの回復だけで復活してしまうので、厄介この上ない。

空間遮断避けるし、当たっても耐える時があるしで、実にイヤらしい！

かといって放置しておくと糸と邪眼で容赦なく攻めてくる。

イヤらしい！　実にイヤらしい！

すごくやりにくい。

強いは強いけど、今までにないタイプの強さだ。

だいたい強い奴っていうのは、わかりやすくつぇぇー！　ってのが多かったからなぁ。

こういう搦手で、強いっていうよりかはうまいってタイプは珍しい。

ステータスの低い人間ならそういううまいタイプの人もいるんだろうけど、万超えステータスの連中はそのステータスの強みを押し付けたほうが手っ取り早いからなー。

イージス艦に格闘技の達人が挑んでもしょうがないみたいな。

そんなことするんだったらこっちもイージス艦用意したほうがいいじゃんてなる。

糸人影はイージス艦クラスの戦力でありながら、格闘技の達人みたいなことやってる稀有な存在ってことだね。

……自分で言っててよくわからないたとえだな。

でだ、そのうまい糸人影に対して、霧人影はひたすら自分の強みを押し付けてくるタイプだ。

霧化からの奇襲。

巨大な狼に変身しての攻撃。

ステータスの高さに任せた殴りかかり。

闇系統の魔法による攻撃。

頑丈さと自己再生能力に任せた無謀とも思える突撃。

糸人影が人間としての技量で戦うタイプだとすれば、霧人影は化物としての暴力で戦うタイプ。

化物、ていうか吸血鬼だなこれ。

吸血っ子やメラとはだいぶ戦い方が違うけど、その能力の数々には見覚えがある。

吸血っ子やメラはあれでも人に近い戦闘スタイルで強いわけだけど、この霧人影は吸血鬼として純粋に強いタイプだ。

スタンダードな吸血鬼というか。

吸血鬼って段階でスタンダードってなんだよって思うけど。

人型の化物って点では吸血っ子やメラよりも、魔王に近いかもしれない。

ステータスとスキルによる暴虐とでも言おうか。

技量では糸人影に大きく劣るけど、それを補って余りある単純な強さ。

吸血鬼って段階でトリッキーだから、単純な強さっていうのもちょっと違う気もするけど。

とにかく強い。

糸人影は謎のド根性能力で空間遮断をくらっても生き残ることがあるけど、霧人影もまた空間遮断をくらって生き残ることがある。

こっちの場合単純に生命力と再生力が飛びぬけてるからで、トリックなんてなさそうだけどな！

体を真っ二つにされても、自力でそれをくっつけて再生するとか、どんだけだよ？

その生命力に物言わせてノーガードで突っ込んでくるとか、私じゃなかったら対処できないぞ。

まあ！　つまり私なら対処できるってことなんですけどね！

強いとは言っても魔王よりかは数段下だし、なんだったら吸血っ子よりも下なんじゃないかってくらいだしね。

それでも現代の人間たちにしてみれば十分脅威だけど。

一人だけなら余裕で対処できる。

問題なのは連携してくるって点で、糸人影と霧人影、単独なら余裕で対処できる相手でも、二人がかりで来られるとなかなかきつい。

しかも合間の忘れた頃にスピード人影が突っ込んでくるから、油断ならない。

糸人影と霧人影にばっかり集中してると、うっかりスピード人影を忘れて隙をつかれそうになる。

無限湧きしてくる召喚人影が呼び出す獣も微妙にうざい。

戦力としては物の数に入らないけど、いかんせん数が多いからこっちの集中力を乱してくる。

眼前でブンブン飛んでるコバエみたいな。

鬱陶しいことこの上ない。

一気に突破する打開策がないから、じりじりと時間だけが過ぎていく。

とは言え、私がやられるようなことはない。

強い強い言っても私と人影とでは基礎スペックが違いすぎる。

人影たちのチームワークで翻弄されてるし時間稼ぎにはなってるけど、私を倒す決定打が向こうにはない。

転移であっちこっち逃げ回れるうえに、空間遮断という最強の防御壁がある私に傷をつけることは、人影たちには難しい。

不可能とまでは言わないけどね。

まあ、傷をつけられたところでエネルギーが枯渇しない限りはいくらでも再生できる。

何と言っても私は不死のスキルを持ってた身。

スキルによってその保証がなくなった今でも、不死身だった頃の感覚は覚えている。

どうすれば頭だけになっても死なないのか？

どうすればそこから再生できるのか？

すでにその方法は解明し、再現できるようにしていますとも。

だから、木っ端微塵(みじん)にされようが死ぬようなことはない。

チート？

大いに結構！

死ななきゃ安い。勝てばよかろうなのだ！

というわけで、残念ながら人影たちにこれ以上の隠し玉でもなければ、私を倒すことはできない。

じゃあ、私のほうはというと、実は人影を倒すだけならできる。

こんだけうだうだと戦闘長引かせておいて言い訳か？　と思ったそこのあなた！

私だって好きでうだうだやってるわけじゃないんだよ！

人影を倒すだけならできるっていうのはホント。

ただ、それをやった時にここがどうなるかわからないっていう不安があって、実行に移せないだけで。

まあ、つまりだね、ここ、システムの中枢っていう超重要な場所でですね、人影たちを一掃するようなド派手なことはできないでしょう！　ということなのだよ……。

そんなことしたらシステムに変なエラーとかが出そうで怖いじゃん！

最悪ここにいる女神が吹っ飛んで、システムも壊れて強制終了、か～ら～の～！　世界滅亡！

とか、普通にありえる。

ナニソレコワイ。

ここまできてそんなバッドエンドなんてありえないっしょ。

なので、どうしても対応は慎重なものにならざるをえない。

システムと女神、双方に傷をつけずに、人影たちだけを排除しなきゃいけないわけね。

そういうわけで、人影たちを一掃するような広範囲高威力の攻撃は、必然的に女神やらシステムを巻き込んじゃうので却下。

範囲を絞っても、例えば闇の槍（やり）の威力を増し増しにしてぶっ放したとすると、人影たちを貫通して背後の壁まで貫通、結果システムに異常が起きる、なーんてことにもなりかねないから、やっぱりできない。

さっきから私が空間遮断ばっか使ってるのは、狙（ねら）った場所だけを攻撃できて殺傷力が一番高いのがこれだってことなんだよね。

システムとか女神を傷つけちゃいけないっていう制限がなければ、もっとやりようはあるんだけど……。

むーん。

この無駄に時間だけが過ぎていく感。

あんまりにも動きがなさすぎて、山田くん一行のエルロー大迷宮探索の中継を覗（のぞ）きながら戦ってるもんなー。

さすがにそっちは覗くだけで手出しできるほど余裕があるわけでもないけど。

激しくドンパチやりあってるのに動きがないというこの矛盾よ。

お互い千日手って感じ。

実際、千日とまでは言わないけど、戦闘が始まってからすでに数日が経過している。

山田くん一行なんかエルロー大迷宮を着々と進んでいるというのに、私は人影を一人も倒せずに足止めくってるわ。

おかげで山田くん一行への妨害工作もままならない。

は⁉　まさかこれも天の加護のせい⁉

私に妨害をさせないよう、こんな長々と戦闘を⁉

……さすがにそれは考えすぎやろ。

このタイミングでシステムにちょっかいをかけるって決めたのは私だし。

何でもかんでも天の加護のせいにするのいくない。

ただ、結果的に山田くんたちにとって都合のいい展開になってるのは確かだな。

ハア、ないわー。

そろそろなんかしら動きを出したいところだけど。

うーん。

やっぱこの人影たち、息切れしないっぽいなー……。

普通、ずーっと戦い続けていればどこかで息切れが起こる。

体力が切れたり魔力が切れたり。

それは私ですらも例外ではなく、永遠に戦い続けることは不可能。

私の場合蓄えが多く、消費もなるべく少なくするよう心がけているから、こんだけ長い時間でも戦ってられる。

大技が出せないって制限もあって、強制的に手を抜かされてるしね。

対する人影はどうかというと、全力全開で本気を出しているようにしか思えない。

スピード人影とかまさにそんな感じ。

エンジン全開フルスロットル。

そんな後先考えていない全力疾走を、数日にもわたって続けている。

人影たちの能力の高さを考えれば、丸一日くらいなら全力で戦うこともできそうではある。

が、さすがに数日はムリやろ。

絶対息切れしてるはず。

それがないってことは、こいつらはシステムから無限のバックアップを受けていると考えたほうがいい。

そのおかげでＭＰやＳＰは常に全快って感じか。

私が長期戦に付き合っていたのは、人影たちが息切れするのを待ってたからなんだけど、それがなさそうだとわかれば方針転換をせざるをえない。

多少強引でもこの膠着状態から脱しないと。

多才人影によってシステム関連分体の数も相当減らされてしまったし。

システム関連分体が全滅すれば、多才人影も攻撃に加わってくるだろうしなー。

それで私が崩れることになるかって言ったら、そうはならないだろうけど、今以上に面倒なことになるのは変わらない。

あと、勝負を急ぎたい理由がもう一つ。

人影たちがシステムからバックアップを受けているということは、システムからエネルギーの補充をしているということ。

つまり、戦えば戦うだけシステムに蓄えられたエネルギーが減っていく。

人影たちがこの戦闘で使うエネルギーの量なんてそこまで多いわけじゃないけど、少量でも減ることは減る。

せっかく大戦まで起こして多くの人々を戦死させ、回収したエネルギーが減る。

それはよろしくない。

多くの犠牲の上に積み上げたエネルギーだ。

こんなところで無駄に浪費するわけにはいかんでしょ。

というわけで、決着を急ごう。

……とは言え、どうしたもんか。

人影を一掃するだけならできるんだよ。

ただ、システムやら女神やらを傷つけずにってのが問題で。

案一、システムや女神が傷つかないことを祈りながら広範囲高火力技で一掃する。

却下。

ミスったら最悪世界滅亡ルートが見えるっていうのに、不確定要素の強いお祈り案件に身をゆだねるのは危険すぎる。

システムがそう簡単に壊れるか？　っていうと疑問が残るけど、女神のほうはすでに下半身消失しちゃってて、もう儚(はかな)くなる寸前です、って雰囲気醸し出してるし。

うっかり流れ弾当てて、そのままご臨終とか、十分ありえそうなくらいには弱ってるように見える。

そんなしょーもない理由で殺しちゃったとあっちゃ、魔王に合わせる顔がない。

案二、ちょっとずつこっちの攻撃の出力を上げていって、盾人影と結界人影の防御を上回った段階で蘇生(そせい)人影を仕留める。

かなり現実的に見えるこの案だけど、これ割と難しいんだよなー……。

魔術と魔法はかなり似ている。

ていうか魔法ってシステムっていう超巨大魔術の一部だからね。

そういう意味では魔法も魔術の一部と言える。

魔術にも魔法と同じように構築というものがあって、それは魔術の設計図とも言える。

この構築通りに術を作成し、そこにエネルギーを流すことで魔術は発動する。

で、この構築というのは設計図みたいなもんなんだけど、そこにはあらかじめ威力とかも決められてるんだよね。

建物の大きさを大きくしたいからって言って、設計図の縮尺をそのまま大きくしただけで建築がうまくいくかって言ったら、そうはいかない。

建物を大きくしたらその分だけ支柱の太さとか材質だとかも変えていかなきゃならないからね。

それと同じで、魔術の構築も威力を上げようと思ったら手を加えないといけない。

これ魔法でも同じことが言えるんだけど、私は魔導の極みの補正で割と好き勝手威力の調整とかしてたんだよなー。

が、魔導の極みなき今、そこらへんの調整は私自身の手でやらねばならぬ。

これがまた難しい。

すでに完成させた構築をただぶっ放すだけなら、簡単とまでは言わないけど、ここ何年かの修行でだいぶ様になってきた。

構築って何度も言うように設計図みたいなものだからね。

その設計図通りに術を組み立てて、そこにエネルギーを流して発動させるわけだけど、同じものを作って同じようにエネルギーを流す作業は、反復練習さえすれば精密さも発動までの時間の短縮率も上がっていくわけ。

あれだ、パーツごとに分解された銃を組み立てて、弾をセットして引き金を引くみたいな。

銃なら威力が一定なのも似てるな。

我ながらうまいたとえ。

その威力を上げるとなると、そもそも銃の構造自体を一から考え直さないといけなくなるってわけだね。

ぶっちゃけ超面倒。

そりゃ、少しくらい威力の微調整はできるよ？

でもあくまで少しだけ。

相手の防御力がどれくらいで突破できるのかわからない以上、かなり慎重に威力の調整をしなければならない。

今の私だと、拳銃（けんじゅう）の次はライフル、その次はバズーカ、その次は波動砲、みたいな、超大雑把な威力調整しかできないんだって。

手持ちの魔術を変えるとそうなる。

やるとすれば闇の槍の威力をちょっとずつ上げていくことになると思うけど、それって拳銃の弾に込める火薬の量をちょっとずつ増やしていくようなもんなんだよね。

絶対どっかで暴発する……。

かといって、魔術を変えるのは拳銃をライフルに変えるようなもん。

ライフルで撃ち抜いた結果、威力過剰で背後の女神まで一緒に貫通とか……。

かなーり時間をかけて闇の槍の構築を作り直しつつ試していけば、いけなくもなさそうだけど、いつまでかかることやら……。

うん、却下だな。

案三、戦闘用分体を召喚。

戦闘用分体をこの場に召喚すれば、数の暴力で人影なんて一気に殲滅できる。

相手は十二人がかりだけど、こっちはもっともっといっぱい用意できるんだから、余裕で勝てるだろう。

この方法が一番確実かつ楽に人影を殲滅できる。

懸念点があるとすれば二つ。

一つは私のキャパの関係上、戦闘用分体を動かすには諜報用分体を一時的にストップさせなければならないということ。

いくら私が超優秀でもですね、一度に動かせる分体の数には限りがあるのですよ。

なので、戦闘用分体を動かす分だけ、諜報用分体を一時的にストップさせねばならない。

システム関連用分体が多才人影にいくらかやられてるから、その分空きはできてるけどね。

加えて、一気に短時間で人影を殲滅できれば、諜報用分体がストップしてる時間も少なくて済む。

ストップさせる諜報用分体は、見張ってなくても問題なさそうな地域担当のから選ぶし。

なので、こちらは問題としてはそんなに影響は大きくない。

どっちかというともう一つのほうの懸念点こそ、ヤバいかもしれない。

ただこれは杞憂で終わるかもしれないんだよなー。

なんのこっちゃねと思うかもしれないけど、つまり私はあることを疑ってるわけですよ。

こっちに援軍をよこしたら、向こうも増えるんじゃね？　と。

だってさあ、人影って見た目は完全に量産型だよ？

実際に戦ってる人影は個体ごとに特異な能力を持ってるけど、見た目だけなら区別はあんましつかない。

蘇生人影とかはふくよかでわかるけど。

こんないかにも量産できますって感じの見た目で、おかわりが来ないとどうして言い切れるか？

そのトリガーがこっちの、相手から見れば敵の増援じゃないと、どうして言い切れるか？

敵の数に合わせて戦力を増やすというのは、戦いにおいて基本とも言えるしねー。

試しに一体だけ分体を召喚してみるっていうのも、召喚した瞬間相手が倍の二十四体になったらって考えると、迂闊に試すのも怖い。

私の考えすぎで、人影のストックはこれで打ち止めならそれでいいんだけどね。

ただ、この防衛機構の製作者はあのDだからなぁ……。

何が起きても不思議じゃないというか。

そういう悪い意味での信頼感は抜群だと思うんだ。

最悪私の分体軍団VS人影いっぱいとか……。

どんな地獄絵図だよ……。

でも、出した案の中ではこれが一番現実的で、人影の補充がなければあっさり勝てる方法でもあるんだよなー。

うーん、うーん、うーん……。

悩んでても現状が打開できるわけじゃないし、一か八か試しに分体を召喚してみるか？

と、悩みすぎていたのが悪かったのか、気が付けばすぐそこまで迫っていたスピード人影。

あ、やば。

これ直撃コース。

その時咄嗟に腕を突き出したのは、ホントに何も考えていない反射的な行動だった。

そんなことしてもスピード人影との激突は免れない。

が、覚悟した衝撃はやってこず、代わりに突き出した手に何かを握っているような重みが……。

うん、何か、っていうか、白い大鎌だな。

そういえば、あったね、これ……。

神化する前の私の前足の鎌を素材にしてできたこの白い大鎌は、神化した際の大陸を吹っ飛ばす威力があるという爆弾のエネルギーの一部を流し込んである。

私の体の一部を使い、一緒に神化したとも言えるこの大鎌。

そのせいなのか私の意思を無視して、たまにこうやって勝手に何かをやらかすんだよなー。

イヤ、何かやらかす時はたいてい今みたいに助けられる場面がほとんどなんだけどさ。

こいつ絶対私とは独立した自意識持ってると思うんだけど、私の気のせいじゃないよね？

今もなんか、ドヤッ！　って感じの空気出してるし。

まあ、そうなるのも頷ける。

ここぞというタイミングで現れて私のピンチを救い、スピード人影を吹っ飛ばしてくれたのだから。

うん……。

私に突っ込んできていたスピード人影な、吹っ飛んだんだ……。

跡形もなく……。

そりゃー、この大鎌はもともと腐蝕属性っぽいの持ってたからねー。

腐蝕属性って、即死プラス体も塵も残さず消滅、っていう、超危険属性だからね。

あの勇者ユリウスでもろくに抵抗できずに瞬殺されるような属性だし。

そんなのをくらったら、いくら人影でもひとたまりもなかったらしい。

そして、新たな人影は増えていない。

大鎌の召喚は援軍とはカウントされなかったのか、それとも人影の補充は元からなかったのか。

どっちなのかはわからないけど、敵を瞬殺できる手段が手に入った今、分体をわざわざ召喚する必要もない。

というわけで、大鎌で滅多切りやー！

霧人影に向かって直進。

大鎌を振るう。

霧人影は大鎌の一撃を受けるのは危険だと判断したのか、霧になって逃れようとする。

フハハハ！

無駄無駄無駄ぁー！

霧、つまり細かい粒子になれば、ほとんどの攻撃は当たらなくなるだろう。

しかーし！

腐蝕属性はそもそも即死の一撃だよ？

細かくなっていようがなんだろうが、触れさえすれば死がその身を侵蝕（しんしょく）する。

大鎌は霧化した霧人影を切り裂き、そのまま四散させた。

やべえ。

チート武器つおい。

ちょっと過剰火力だから最近は使ってなかったけど、やっぱこの大鎌強いわ。

こうなればサクサク行けそうやね。

次は糸人影だ。

十本の糸が私に迫ってくる。

が、私だって糸使い。

糸による攻撃方法は熟知している。

対処するのは難しくない。

っていうか、大鎌で薙ぎ払えばそれだけで糸なんて吹っ飛ばせる。

糸を吹き飛ばし、そのまま糸人影に肉薄。

糸人影がこちらをまっすぐ見つめたような気がした直後、体にわずかな違和感。

……なんかされたっぽいな。

レジストしちゃったけど。

おそらく糸人影の最後のあがきの邪眼を簡単にレジストし、大鎌を叩き込む。

あの糸人影が腐蝕の邪眼を持ってたら、もしかしたらもっと苦戦していたかもしれない。

たぶん腐蝕の邪眼なんて使ったら、それこそ術者はそのまま反動で死ぬだろうけど、蘇生人影に蘇生させてもらえばいいからね。

そしたら腐蝕の邪眼で自爆、蘇生、また自爆、なんてヤバいことをされてもおかしくなかった。

そうなっていたら、いくら私でも危なかったと思う。

腐蝕属性の恐ろしさはこの大鎌が証明しているし。

さて、これで前衛は全滅。

あとは後衛の連中を、と思ったところに多才人影が目標を切り替えて襲い掛かってきた。

魔法を乱射し、宙に浮かせた色とりどりの武器が独立して襲い掛かってくる。

が、手数は多いけど、どうにも個々の威力は低い。

なんていうか見掛け倒しだな。

飛んでくる魔法や武器を軽くあしらい、多才人影本体を大鎌で両断。

多才人影は体が真っ二つになった直後にその体を四散させた。

おっほー。

さっきまでの苦戦が嘘のようじゃありませんかー。

超気持ちいい……。

長時間戦い続けで私も結構ストレスが溜まってたっぽい。

この一撃で相手を屠る爽快感！

病みつきになりそう……。

さあ、今度こそ次はにっくき蘇生人影！　お前だ！

狙いを定めて走り出す。

盾人影と結界人影が立ちふさがるけど、そんなのお構いなし！

一閃、二閃。

たったそれだけで盾人影と結界人影を消し去る。

あとには棒立ちの蘇生人影のみ。

お前のせいでやたら苦労させられたなぁ！

はっはっは。こんにちは、死ね！

大鎌を振り下ろす。

蘇生人影を突き飛ばす、別の影。

ずーっと意味もなくかっこいいポーズの一人ショーを続けていた魅了人影だ。

身を挺して蘇生人影をかばいやがった。

ここまで何の役にも立っていなかったくせに、最後の最後で男を見せたなこいつ。

まあ、返す刃で蘇生人影もぶった切るんですけどー。

酷(ひど)い？

悲しいけど戦争なのよねこれ。

敵兵は無慈悲に屠ってなんぼですわー！

残すはヒーラー人影、召喚人影、指揮人影、そしてずっと女神の前から動かない最後の人影のみ。

最後の人影以外は一か所に固まってるし、まずはその三人から始末するかな。

と、私が動く前に、それまでずっと不動だった最後の人影が動いた。

大鎌を手にしてから楽勝ムードだったのを、気を引き締め直す。

なんとなく、この最後の人影は油断しちゃいけない気がする。

最後の人影が手を前に掲げる。

ピリッと、肌を刺すような気配。

あ、これ、マジでヤバいやつ……。

身構える。

そして、最後の人影の手から放たれる光線！

やっば！

すんごい濃密なエネルギーの塊だこれ！

くらったら私でもただじゃすまない！

避け、イヤダメだ！

私が避けたら背後の壁に直撃する！

そしたらシステムにもダメージが入りかねない！

システムの防衛機構のくせに、そのシステムを傷つけかねない攻撃をするなよ!?

覚悟を決めて光線を迎撃する。

大鎌を前面に構え、その刃で光線を切り裂いた。

大鎌を持つ手に重い反動が伝わってくる。

大鎌の腐蝕の力と光線の力が反発しあい、お互いの力を相殺している。

大鎌が反動で吹っ飛ばされないように手に力を込めて耐える。

ぐぐぐ！

この大鎌の持つ力と拮抗するとか、どんだけすさまじい量のエネルギーを込めてるんだよ！

ちょっと他の人影とは別格すぎないか!?

やばい、手が痺れて……。

もう限界！　という寸前で光線が止まった。

はー、助かったー。

あと一秒でも長く光線が続いていたら、大鎌が手からすっぽ抜けてるところだった。

そうなったら光線の直撃を受けて、私の体は木っ端微塵になっていたと思う。

危ない危ない。

光線を出し終えた最後の人影は、そのまま受け身をとることもなく倒れた。

その体が消えていく。

まさかあいつ、さっきの光線に自分の体を含むすべてのエネルギーを込め切ってたのか？

なんちゅう恐ろしいことをするんだ……。

確かにとんでもない威力だったけど、そのために命を捨てる、文字通りの捨て身の一撃とは……。

あの人影が最後まで動かなかった理由がこれでわかった。

動いたら死ぬんだから、ここぞというところまで動けなかったんだな。

使ったら死ぬっていう意味では腐蝕攻撃と同じだけど、体さえエネルギーに変換して撃ち出してるってことは、魂も消費してるんじゃないか？

だとしたら、腐蝕攻撃の反動よりも恐ろしい。

魂が消えれば蘇生なんてできないし、転生すらもできないんだから。

そこまでして出した一撃というのであれば、私があと一歩のところまで追い込まれたのも納得だわ。

己のすべてを捧げて、相手を屠る一撃。

人間じゃない人影だからこそできることだなー。

人間に同じことができるやつがいるとしたら、そいつはちょっと頭おかしいと思う。

予想外の一撃をもらっちゃったけど、あとは三人。

これ以上の隠し玉もないだろうし、サクッと片付けるか。

というわけで、襲い掛かってくる召喚人影の獣の群れを一掃し、召喚人影を撃破。

ヒーラー人影と指揮人影は単体じゃどうしようもないので、こちらもサクッと撃破。

長かった人影戦がようやく終わった。

生き残ったシステム関連分体と一緒に、システムへのハッキングを進める。

多才人影のせいでシステム関連分体の数はかなり減らされてしまった。

新しく補充しないとなー。

すぐにでも補充したいところだけど、まずはキーをこじ開けることが優先だ。

慎重に閉ざされたキーをピッキングし、こじ開けていく。

妨害は、ない。

実は人影を全滅させたら、また補充されるんじゃないかっていう懸念があったんだけど、杞憂に終わった。

どうやら防衛機構とやらはあの人影を一回倒せば沈黙するらしい。

だったら、戦闘用分体を召喚しても大丈夫だったかも。

ま、過ぎたことは言っても仕方がない。

結局、大鎌のおかげで分体を召喚せずとも勝てたんだし。

これなら勇者ユリウス相手にした時も、こいつを使えばよかったかな?

……イヤ、あの時は万が一の事態も許されなかったし、あれが正解だったんだと思おう。

勇者ユリウスを殺したのは、私の腐蝕の邪眼による一撃だ。

この大鎌同様の即死攻撃。

見ただけで相手を即死させるという、とんでもない能力である。

が、その代償は結構大きい。

私の眼球は現在ダメージを受けている。

私の再生能力をもってしても、容易には治らないほどの深いダメージだ。

透視やら遠視くらいならば使えるけど、邪眼はちょっと使うのを控えたい感じ。

邪眼各種も使えないわけじゃないんだけど、使うと治るのが遅くなるって感じかな。

もうかなり良くなっているから、邪眼を使ってもエルフの里に着く頃には完治してそうだけど、安静にするに越したことはない。

人影たちとの戦いで私が邪眼を使っていなかったのには、こういう理由があったのだ。

それほどの代償を払ってでも確実に仕留めねばならないほど、勇者という存在を恐れていたってことでもある。

特効対象の魔王はもちろんのこと、勇者剣を持つからには神である私ですら殺しかねないポテンシャルを秘めている。

クイーン分体を相手に勇者剣を無駄打ちさせられなかったのは、ホント痛い。

その勇者剣は、ハイリンスが処分するって言うから奴に渡したのに、なぜか巡り巡って山田くんの腰に吊るされてるんだが？

どういうことー？

ハイリンスが勇者ユリウスの遺言だからって言って第三王子のレストンに渡し、レストンもまた勇者ユリウスの遺言に従って山田くんに渡したと。

レストンのほうは律義に勇者剣に関することは他言しないっていう約束を守って、山田くんに渡した時もその説明はしなかったっぽいけど。

レストンは、まあいい。

でもハイリンス、お前何ほいほい超危険物を他人に渡してるんじゃい！

それ私やお前の本体にも有効なんやぞ⁉

何を考えてんだか……。

それもこれも天の加護の効果か⁉

山田くんの手に最強の武器が渡るようにってか⁉

はー、アホらし。

さすがにそんなことあるわけないって。

ホントにそうだったら天の加護万能説が出来上がるわ。

ハイリンスの思惑はわからんけど、おかげで山田くんに迂闊にちょっかいをかけた場合の危険性は跳ね上がっている。

もしかしたらそれを狙ってのことなのかもね。

私が山田くんたちに変なことをしないように牽制してるのかも。

まあ、勇者ユリウスは私の手で葬ってるわけだし、そういう警戒をされてもしゃーないか。

そもそも勇者っていう仕様を取っ払うことができてれば、こんな苦労もしなくて済んだんだけどなー。

いったん作業をシステム関連分体に完全に任せ、女神の元に歩いていく。

『熟練度が一定に達しました』

『経験値が一定に達しました』

『熟練度が一定に達しました』

口は動いていないのに、この空間内に断続的に響いている女神の声。

ここから世界中にレベルアップだとかスキルアップだとかのシステムメッセージが個人に飛んでいる。

感情を感じさせない平坦な声の通知。

だから私は、女神っていうのは感情とか思考もシステムに拘束されている間は奪われ、完全な人柱にされてるんだと思ってた。

けど、もしかしたら……。

目を開けて、女神の顔を見つめる。

勇者ユリウスを私が殺した時、ここでシステム関連分体たちが今回と同じように防衛機構の人影たちに襲われた。

戦闘能力のないシステム関連分体では人影たちに対抗できるはずもなく、本体である私が駆け付けた時にはすでに次の勇者が任命されており、勇者という仕様を撤廃する作戦は失敗した。

失敗したからにはそれ以上粘る理由もなく、その時はシステム関連分体を全員引き連れて撤退したわけ。

そして人影が引き上げたのを確認して、またシステム関連分体を戻したというわけだ。

この一連の流れに、違和感は特にない。

システムの防衛機構としてあらかじめ設定されていたとすれば、その反応は納得できる。

けど、私にはどうしても、ひっかかることがある。

山田くんだ。

新たな勇者に山田くんが認定されたというのは、できすぎている。

転生者で、天の加護という破格のスキルを持ち、さらに先代勇者のユリウスの実の弟。

なるほど、言われてみれば勇者になるべくしてなったように感じられる。

山田くんが勇者になったことで、魔王陣営であるこっちはいらん苦労を掛けられているのは事実だ。

これほど勇者に適した人物はいないだろう。

けど、果たしてホントにそうか？

私がこんな疑問を抱くのは、勇者と魔王の就任について、歴代の様子を聞いていたからだ。

というのも、勇者や魔王は死ねば他の誰かに称号が引き継がれ、次代が生まれるが、そのタイミングというのは勇者や魔王が死んだ直後、ではない。

わずかながらにタイムラグがあり、その間にシステムが次代の勇者や魔王にふさわしい人物を精査しているそうだ。

そのわずかなタイムラグがあるからこそ、魔王は支配者権限を使って今まで魔王に就任することを拒むことができ、今代では承認して魔王に就任することができた。

つまり、魔王が選ぶ時間くらいはあったのだ。

ところが、山田くんの場合はそんな時間なかった。

勇者ユリウスをこの手で殺し、さらに山田くんを分体越しに監視していた私だからわかる。

勇者ユリウスが死んだのと、山田くんが勇者になったのはほぼ同時だ。

今まであったはずのタイムラグが、まったくなかった。

これは、誰かの意思によって山田くんを次代の勇者にすることが決められていたのではないかと、そう思えてしまう。

それが誰なのか。

候補は二人。

Dか、この女神か……。

Dだったらいい。

あの愉快犯なら、面白そうだからってだけの理由で山田くんを勇者にする。

でも、もし犯人がDじゃなかったら？

そしたら、私は、ちょっと許せない。

女神の顔に向けて拳を突き出す。

が、眼前で思いとどまって寸止めする。

……そうと決まったわけじゃない。

まさか、この女神が、身を粉にして女神を救おうとしている魔王の気持ちを踏みにじって、山田くんを勇者にするなんて、そんなこと、あっていい訳がないもんね。

ああ、ホントにそうじゃないことを祈るよ。

女神様だけに、ね。

私は手を引っ込め、そのまま女神に背を向けて転移でその場を去った。

Sariel

サリエル

本名不明。神言教からは神言の神、女神教からは女神と崇められているその人。アリエルからは母親同然に思われている。システム構築前、MAエネルギーの危険性を人類に説いていた。しかしそのかいなく世界は崩壊寸前に陥ることに。世界を崩壊から救うために人類に人柱として生贄に捧げられ、その果てにシステムの基幹として取り込まれている。エルロー大迷宮最下層最奥にて、システムを正常に機能させるべく捕らわれている。かつて白が天の声（仮）と呼んでいた声を世界中の人々に届けている。

幕間　？・？・？

どことも知れない場所。
広大な空間。
そこに、一人の女性がいた。
女性は上半身の一部だけを残し、体の大半が空間に溶け込むようになくなっている。
あまりにも痛ましい姿。
そして、その口からは機械的に言葉がつぶやかれる。
『熟練度が一定に達しました』
『経験値が一定に達しました』
『熟練度が一定に達しました』
………。
『苦しい』

バッと飛び起きる。
……夢、か。

終章　エルフを滅ぼすお仕事

なんかあの場に居続けるのがイヤになって何も考えずに飛び出しちゃったよ。

まあ、作業自体はシステム関連分体に任せておいても大丈夫そうだし、問題ない問題ない。

ていうか、任せざるをえないというか……。

キーをこじ開けるの、結構時間かかりそうなのよね……。

ちょっと見積もりが甘かったかもしれない。

まあ、本体がいなくても多少作業効率が悪くなるくらいだから、システム関連分体に任せて時間をかけてじっくりとキーを解除していけばいいだろう。

何と言っても、この後大仕事が待ってるんだから。

「ついに来たね」

魔王がポツリと前方を見ながら呟く。

帝国軍に扮した魔族軍が進軍する先、まだ遠目だけど、すでに目的地が見え始めていた。

広大な森。

ガラム大森林。

そここそが、奥地にエルフの里がある森だ。

先行している正規の帝国軍はすでに森の中に踏み入っている。

行軍がしやすいように木を切り倒しながら進んでいる関係で、帝国軍の足は遅くなっている。

なので、もう少しすれば魔族軍も帝国軍に追いつける計算だ。

そして、追いついたくらいで、エルフの里に到着するはず。

いよいよだ。

いよいよ、ポティマスと決着をつける時が来た。

結局山田くんたちは問題なく間に合ってエルフの里に入ってしまっている。

不確定要素の山田くんたちがどう出るのか、それによって流れは変わってくるだろう。

でも、これだけは言える。

「ポティマスは終わりだね」

「ふふ。そうだね」

私の言葉に相槌(あいづち)を打ちながら微笑(ほほえ)む魔王。

「ああ、終わりにしよう。長い、ホントに長い因縁を」

「うん」

さあ、世界救済の第一歩。

この世界に長らく寄生している、ポティマスとかいう悪性腫瘍(しゅよう)を取り除こう。

「さあ、行こうか」

「うん」

あとがき

みんな元気か⁉　私は元気だぞ！

というわけで元気でやってます。馬場翁（ばばおきな）です。

13巻です。

13という数字は不吉な印象がありますが、今年はまさにそんな年になってしまいましたね……。

私の場合作家という職業柄、自宅でも仕事ができるので大きな問題はありませんでした。

幸い家族にも感染者はおらず、平和とは言い難いですがなんとかなっております。

ただ、執筆はできるんですがまったく影響がないとは言い難く、ところどころで支障は出ています。

近所の本屋さんも営業を自粛していましたし……。

過去に例のないことですから業界全体も手探り状態です。

まあ、私にできることは頑張って執筆するくらいなのですが。

私の本で元気をお届けできればと思って頑張ります。

ここからはお礼を。

今回も素晴らしいイラストをくださった輝竜（きりゅう）　司（つかさ）先生。

こんな状況ですが、いえ、こんな状況だからこそ輝竜先生のイラストを見て癒（いや）されています！

輝竜先生のイラストを拝見すると頑張ろうと思えます。

漫画版を手掛けていただいているかかし朝浩先生。

同じく漫画版の主人公が時にコミカルに、時にシリアスに頑張っている姿を見ると、私も頑張らねばなあと奮起させられます。

スピンオフコミックを手掛けていただいているグラタン鳥先生。

四姉妹のしょうもないギャグを見ていると笑ったり、ほっこりしたり、幸せな気分になれます。

私も本編で読者の皆様を同じような気持ちに……、でき……、できるかこれ？

……グラタン鳥先生のセンスは私にはマネできましぇん！

そして、アニメ制作に携わってくださっている皆様。

アニメ制作は多くの人がかかわっており、それだけコロナの余波を受けやすく大変だと思います。

そんな皆様が頑張っているのだから、私も頑張らねばと思えます。

そしてそんなアニメですが、重大発表です！

ＴＶアニメ２０２１年１月から２クール連続放送決定です！

本来ならば２０２０年のうちに放映予定だったのですが、コロナとかいうやつのせいで２０２１年に延期となりました……。

いろいろあって来年となってしまいましたが、放映をお待ちください！

担当Ｗ女史はじめ、この本を世に出すためにご協力いただいた全ての方々。

この本を手に取ってくださった全ての方々。

本当にありがとうございます。

お便りはこちらまで

〒102－8177
カドカワBOOKS編集部　気付
馬場翁（様）宛
輝竜司（様）宛

カドカワBOOKS

蜘蛛ですが、なにか？ 13

2020年７月10日　初版発行
2022年２月15日　７版発行

著者／馬場翁
発行者／青柳昌行
発行／株式会社KADOKAWA
〒102-8177
東京都千代田区富士見2-13-3
電話／0570-002-301（ナビダイヤル）
編集／カドカワBOOKS編集部
印刷所／暁印刷
製本所／本間製本

Printed in Japan
ISBN 978-4-04-073699-0 C0093

新文芸宣言

かつて「知」と「美」は特権階級の所有物でした。

15世紀、グーテンベルクが発明した活版印刷技術は、特権階級から「知」と「美」を解放し、ルネサンスや宗教改革を導きました。市民革命や産業革命も、大衆に「知」と「美」が広まらなければ起こりえませんでした。人間は、本を読むことにより、自由と平等を獲得していったのです。

21世紀、インターネット技術により、第二の「知」と「美」の解放が起こりました。一部の選ばれた才能を持つ者だけが文章や絵、映像を発表できる時代は終わり、誰もがネット上で自己表現を出来る時代がやってきました。

UGC（ユーザージェネレイテッドコンテンツ）の波は、今世界を席巻しています。UGCから生まれた小説は、一般大衆からの批評を取り込みながら内容を充実させて行きます。受け手と送り手の情報の交換によって、UGCは量的な評価を獲得し、爆発的にその数を増やしているのです。

こうしたUGCから生まれた小説群を、私たちは「新文芸」と名付けました。

新文芸は、インターネットによる新しい「知」と「美」の形です。

2015年10月10日
井上伸一郎